JN229108

鑑定

山田宗樹

角川春樹事務所

鑑定

カバー写真　Photobank／Adobe Stock
表紙画像　Елена Вдовина／Adobe Stock
装丁　bookwall

目次

現在では、エモコンが原因であったことはほぼ確実視されている。

エモコン、すなわちエモーション・コントローラーは、もともと終末期医療の現場に導入された機器で、患者の強い不安や恐怖、あるいは激しい後悔といった負の感情を和らげるために用いられた。その効果の切れ味や即効性には目を瞠(みは)るものがあり、既存の向精神薬に比べて用法上の制約が少ないなど利点も多かったものの、初期費用やランニングコストの面で改善の余地が大きく、採用するのは一部の大病院に限られた。

この技術が本格的に普及するのは、低コスト化と小型化が実現し、個人経営のメンタルクリニックなどでも使われるようになってからだ。しかもこのころのエモコンは、負の感情を解消するだけでなく、幸福感や充足感、安らぎ、恍惚(こうこつ)感、万能感など、多様な精神状態を生み出す機能を備えていた。

有用性が広く認知されるにつれて機器の進化にも弾みがつき、ついには自宅で手軽に使える一般家庭用が登場する。医療用に比べて機能は制限されているが、結果的にはこれが起爆剤となり、エモコンは社会の隅々にまで浸透した。だれもがタップ一つで自分の感情を思いどおりにできる。そんな時代が到来したかに見えた。

第一章　夢の国

1

いまの神谷葉柄（かみやようへい）は勤労意欲の塊だ。満員の通勤電車に揺られながらも心は軽い。もちろんエモーション・コントローラーのおかげである。

毎朝、彼は狭いベッドで目を覚ますと、まずＢＷＩ（脳波誘導器）を充電器から外して左右の耳に挿し、エモコン本体を生体認証で起動させる。ＢＷＩはイヤホンのような形をした小さなデバイスで、タブレット型の本体とはワイヤレスで繋（つな）がっている。本体画面にスタートボタンが表示されると準備完了だ。ボタンに軽く触れれば作業がスタート、ＢＷＩが脳の特定部位に微弱な電磁波をプログラムに沿って照射し、数分もしないうちに望みどおりの精神状態が得られる。その効果は十二時間くらい続く。

ある大手エモコンメーカーは最新の広告で「すでに成人の五人に一人はエモコンを使っている、

あるいは使ったことがある」と謳（うた）っているが、さもありなん。実際、いま神谷葉柄が乗り込んでいる車両にも、エモコンのユーザーらしき顔が目に付く。彼らの表情には明確な意思が宿り、目にも快活な光がある。おそらく神谷葉柄と同じように、仕事に向けて〈やる気モード〉を選択しているのだろう。対して非ユーザーの顔は、みな弛緩（しかん）しているか苦々しげな表情を浮かべているので一目瞭然（いちもくりょうぜん）だ。

しかし中には、どちらか判別に迷う人もいる。

同じ車両でよく見かける彼女も、その一人だった。

年齢は神谷葉柄と同じ二十代半ばくらい。すらりと背の高い細身を、たいていは濃い色のパンツスーツに包んでいる。口元をいつも固く結んでいるが、そこに込められた感情は読みとれない。視線を感じるのか、たまに目が合うこともある。そんなときの彼女の瞳（ひとみ）は、突き放すように冷ややかで、神谷葉柄は密（ひそ）かに〈氷の君（きみ）〉と呼んでいた。

そして、きょうも〈氷の君〉は、神谷葉柄とは数メートルの空間を隔てたところで、ラインの美しい顎（あご）をくいと上げ、吊革（つりかわ）を摑（つか）む自分の手を見つめている。

いま、あの人の頭の中には、どんな思いが巡っているのだろう。

2

会社、行きたくねえ。

摑んだ吊革を睨（にら）みながら、口から漏れかけた言葉を嚙（か）み潰（つぶ）す。通勤に使う電車は今朝も満員だ。とくにきょうは、使い古したタオルのような臭（にお）いが濃く漂っている。不快不快不快。ひたすら不快だった。みんな消えてなくなればいいのに。上司もどこかに飛ばされればいいのに。

遠藤（えんどう）マヒルは、職場では有能な社員の一人と見なされている。仕事に真摯（しんし）に取り組み、笑顔を絶やさず、後輩の指導も上手（うま）いと。それはそうだ。彼女がそう演じているのだから。嫌なことがあっても、理不尽だと思っても、顔には出さない。自分のせいで職場の雰囲気を悪くしたくないから。よけいな波風を立たせたくないから。でも心の中では、溜（た）め込んだ鬱屈（うっくつ）がぐつぐつと煮立っている。とくにマヒルを不快にさせるのは、いまの上司だ。視線を向けられるたびに寒気がするし、あんな脳筋ゴリラに部下だと認識されているだけで虫酸（むしず）が走るし、いっそこの世から消えてくれたらスッキリするのに、といつも思っている。それでも、

「遠藤君、ちょっと」

呼ばれたらさっと腰を上げて軽やかに駆け寄り、

「なんでしょうか、部長」

明るい声と笑みで応（こた）えてしまうのだった。

ああ、いつまでこんな生活が続くのだろう。

この手の話をすると周囲はすぐ、

「エモコン使ってみたら？」

と勧めてくるが、マヒルにはあれを使う人の気が知れない。ときに地の底まで沈んだり、嵐のように乱れたりして持て余すこともあるが、わたしの感情はわたしだけのもの、わたしという存在の中核をなすものだ。それを機械に明け渡すなんて想像するだけでぞっとする。みんなは平気なのだろうか。自分が自分でなくなってしまうとは思わないのだろうか。

（思わないんだろうな。だから、あんなに売れている）

ふと視線を感じて目を向けると、少し離れたところに例の男がいた。朝の電車でよく見かけるあの男も、エモコンを使っている口だろう。いつも顔に作り物めいた快活さを貼（は）り付けている。大して面白みもなさそうな男なので、マヒルは〈退屈男（たいくつおとこ）〉とあだ名をつけていた。

3

葛西幸太郎（かさいこうたろう）は瞑想（めいそう）を欠かさない。とくに仕事に取りかかる前は、たとえ数秒であっても、目を閉じて心を静める。葛西にとって、自分の精神状態をコントロールすることは、プロのアスリートが万全のコンディションで試合に臨むのと同じくらい、当然のことだ。

「どうぞ」

ノックの音に応えると、ドアが開いて背の高い男が現れた。バスケットボールでもやっていそうな体格を水色のセーターとベージュのテーパードパンツで包み、そのすべてを真っ白なスニーカーで軽やかに支えている。腰に巻かれた黒い縄は、一端は両手に掛けられた手錠につながり、もう一端は後ろに立つ若い警察官の手に握られている。警察官は、男を葛西の正面の席に座らせ、右手の手錠を外して椅子の背柱に固定すると、腰縄の一端を握ったまま、男の斜め後ろの椅子に着席した。

葛西は穏やかな表情をつくり、

「はじめまして、犬崎さん。私は葛西といいます。きょうは精神科医として、犬崎さんの精神鑑定を担当します。精神鑑定については、検察官からも説明があったと思いますが」

男が長身をゆったりと背もたれに預け、小さくうなずく。こちらへ向ける視線にも、被疑者にありがちな警戒心や猜疑心は感じられない。黒い瞳はどこまでも深く、静かに澄んでいる。

「いまから一、二時間ほど面接をして、犯行当時の犬崎さんの精神状態がどのようであったのか、もし精神障害があった場合、どの程度犯行に影響したのかを調べます」

ふわりと額にかかる髪や、稜線を思わせるきれいな鼻筋、そして鋭角を描く顎には若々しさが漂い、幅の広い口は秀でた社交性を物語る。一件資料によると、被疑者の氏名は犬崎理志。地元の有力企業に勤める三十四歳。二十九歳の妻との二人暮らしで子供はいない。

「ここで犬崎さんから伺った内容は、必要に応じて検察官に報告します。話したくないことは話さなくても構いませんが、できるだけ、ありのままを教えてください。ただし、これは警察や検察の取り調べではありません。あくまで精神科医として、公正・中立の立場から鑑定するものです」

それにしても、順風満帆であった自分の人生だけでなく、愛する家族の生活まで壊してしまったというのに、この落ち着きぶりにはたしかに違和感があった。反省や後悔どころか、すべてに満足し切っている顔だ。

「では、まず始めに」

そしてその表情には、見る者を不安にさせるなにかがある。

「あの事件の日、自分がなにをしたのか、話してください」


事件の予兆はあった。

F市長選挙の投票日を三日後に控えた木曜日、つまり事件の三日前、その候補者の選挙事務所に、立候補の撤回を要求する差出人不明の文書が送られてきたのだ。この程度の嫌がらせは地方選挙ではよくあることで、だれも真剣に受け止めなかったが、気がかりな点もあった。当該文書の内容が、候補者の政治的姿勢を批判したり、人格面での問題を攻撃したり、不祥事を告発したりといったわかりやすいものではなく、読む者を困惑させるような代物だったのだ。その候補者がF市長になるべきでない理由として、文書に記されていたのは、次の一文だけだった。

貴殿は夢の国に相応しくない。

事件発生の前日には、掲示板に貼り出されていた当該候補者の選挙ポスターの一枚が、鋭利な刃物で切り裂かれているのが見つかった。ただ、投票を翌日に控えた正念場でもあり、有権者への最後のアピールに追われていた候補者陣営に、一連の出来事を深刻に捉える余裕はなかった。

そして投票日を迎え、当該候補者は見事当選を果たす。選挙事務所に集って歓喜に沸く支持者たちの頭からは、卑劣な嫌がらせのことなど消えていた。万歳の唱和に酔いしれる輪に、見知らぬ男が紛れ込んでいることにも気づかなかった。マイクを手に支援への感謝を語りはじめた候補者の頭上に、わずかに赤みがかった液体が降りかかり、スタッフの何人かがガソリンの臭いを感じたとき、すでに男の手には使い捨てライターが握られていた。不意に訪れた、時間が断絶したような静寂の一瞬、ライターのヤスリと発火石の擦れる音が響いた。

犯罪者が処罰されるのは、自分のやろうとしている行為の善悪を判断し、その行為を止める能力があったにも拘わらず、犯罪行為に及ぶことをあえて選択したからだ。である以上、行為の善悪を判断できない状態であったり、行動をコントロールする能力を喪失したりしていて、選択の余地がなかった場合は、処罰できない。この原理を法的に規定した一文が、刑法第三十九条一項〈心神喪失者の行為は、罰しない〉である。

検察官が被疑者を起訴し、裁判で有罪に持ち込むには、被疑者が犯行時に責任能力を有していたことを立証しなければならない。そのため検察官は、必要があると判断した場合、鑑定人（精神科医）に被疑者の精神鑑定を依頼し、その鑑定結果を踏まえて被疑者の起訴・不起訴を決める。

起訴前に行う精神鑑定としては、一回きりの面接による簡易鑑定と、複数回の面接のほかに心理検査や身体検査などを二、三カ月かけて行う本鑑定がある。当然、本鑑定のほうが信用性が高いが、簡易鑑定にも長所がないわけではない。一般に簡易鑑定は、本鑑定よりも早い時期に、いいかえれば、犯行からそれほど時間が経(た)っていない段階で面接できるため、被疑者に犯行時の精神状態が残存している可能性が高いからだ。今回、葛西が検察官から嘱託されたのも、この簡易鑑定であった。

検察官が交付する鑑定資料（一件資料）は、面接の前日に葛西のもとへ届けられた。ここには、実況見分調書、被疑者・被害者・目撃者の供述、取り調べにおける被疑者の言動を収録したＤＶＤなどから、家族や友人、職場の同僚、主治医の供述、学生時代の成績、果ては書籍やネットへのアクセス状況まで、現時点で入手可能な資料はすべて含まれている。簡易鑑定では、この一件資料と翌日の面接だけで鑑定を下さなければならない。

葛西は二時間ほどかけて資料を読み、ＤＶＤは検察官から交付されたメモをもとにポイントとなるやりとりに絞って視聴してから、被疑者・犬崎理志との面接に臨んだのだった。

「その〈夢の国〉とは、どのようなものですか」

「夢の国は夢の国です。それ以上は説明のしようがない」

淡々と語る犬崎理志の声は、響きが柔らかく、美声といってもいいほどだった。話しぶりも理路整然としており、思考の流れに病的な乱れもない。表情や態度からも、抑うつや躁、不安、焦燥は窺えない。質問に対する理解・応答にも問題はなく、日時の見当識も正常だ。これはＤＶＤに記録されていた取り調べ時の映像でも同様だった。つまり、犯行直後から一貫してこの調子なのだ。

「しかし犬崎さんは、夢の国を建設するという目的で犯行に及んだわけですよね。それなのに具体的なイメージはなかったのですか？」

「夢の国に相応しくないものはわかりますから」

「相応しくない、とは？」

「夢の国には存在しない、存在すべきではないものです」

世界保健機関（ＷＨＯ）のＩＣＤ分類によると、極端に非現実的な妄想が一カ月以上持続すれば、統合失調症と診断することは可能だ。ただし、統合失調症であるというだけで責任能力がないと判定できるわけではない。たとえ精神障害があっても、それが犯行にどこまで影響したのかが問題だからだ。

「もうやめませんか」

犬崎理志が、人懐っこい笑みで、ため息を吐いた。

「僕は、自分のしたことを理解しています。現在の日本ではそれが犯罪行為であり、刑罰の対象になることも承知の上です」

「有罪を受け入れる、ということですか」

「もとより、そのつもりです」

「自分のやったことに、後悔や反省は？」

「ありません」

「被害者に対して思うところもないのですか」

「僕は果たすべき役割を果たしただけですから」

「自分の家族に対しては？」

「申し訳ないとは思いますが、それ以上は」

「わかってくれると？」

「どちらでも同じことです」

面接の目的は、真実を自白させることではない。あくまで、犯行時の精神状態を鑑定するための、必要な情報を収集することだ。おそらく彼は、犯行時もいまとほぼ同じ精神状態であったのだろう。極めて堅牢で安定している。だが、これはあまりに不自然だ。あり得るとすれば、強力な洗脳によって宗教的あるいは思想的観念に支配されているケースだが、犬崎理志が特定の宗教団体や思想団体に関わっていた可能性は、警察と検察の捜査によって否定されている。書籍やネットへのアクセス状況にも、偏執的な傾向はない。反社会性パーソナリティ症を疑わせるエピソードも、家族や知人の供述からは得られておらず、犬崎理志の元来の性格に帰するにも無理がある。むしろ彼に対する周囲の評価は、常識を弁えた良き夫、良き友人、良き同僚であり、今回のような事件を起こすなど、だれも想像すらできなかったという。彼の口から〈夢の国〉について聞いた者も、家族や知人を含めて一人もいない。

犬崎理志に罪の自覚はある。犯行当時も行為の是非は判断できていた。行動を制御する能力もあった。その上で、迷うことなく犯行に及ぶことを選択した。不幸中の幸いにして死者こそ出なかったものの、候補者を含めた二名が全身火傷の重傷、煙を吸い込むなどして治療を受けた者は十三名に上り、犬崎理志自身も手に火傷を負った。だが、この惨事を引き起こしたそもそもの動機は、〈夢の国〉という、突如として彼の中に現れた掴みどころのない病的な妄想から発している。検察官が精神鑑定の必要性を認めたのも当然だろう。このように動機が了解不能の場合、たとえ本人にその気がなくとも、弁護人が公判で責任能力を争点にしてくることが予想される。

二時間あまりの面接を終えた犬崎理志が、警察官に連れられて部屋を出ていくと、すかさず検察官の眞鍋が入ってきた。お疲れさまでした、といいながら、さっきまで犬崎理志が座っていた椅子に腰を下ろす。

「で、どうですか、先生」

「結論からいうと、本鑑定するしかないでしょうね」

犬崎理志の場合、統合失調症にしては精神状態が安定しすぎている。精神的活力の低下もなければ、異様に興奮したり不安を訴えたりすることもない。時間の連続性も維持されており、言語も明晰(めいせき)だ。つまり、精神の大部分は正常に機能している。なのに、行動原理だけが壊れているのだ。宗教的・思想的に乗っ取られている可能性はすでに否定されているし、覚醒剤(かくせいざい)などの薬物を使用していた形跡もない。

一つ考慮しなければならないのは、詐病、つまり彼が意図的に病気を装っている場合だ。有罪を受け入れるとはいっていたが、すべては刑法第三十九条による免責を狙(ねら)った巧妙な嘘(うそ)かもしれない。それでも、あまりに落ち着いている、という印象の不自然さは拭(ぬぐ)えない。あれが芝居だとすれば相当な巧者だが、周囲の人々の証言からはそのような人物像は得られていない。

いずれの説を取っても、看過しがたい違和感がつきまとう。確信を持って一つに絞れない。検察官としては起訴すべきかどうかを明確にしてほしいところだろうが、簡易鑑定では限界がある。やはりここは結論を保留し、本鑑定を提言するに留(とど)めるしかないだろう。責任を回避するようで後ろめたさは残るが、強引に結論を出すよりも、わからないものはわからないとする方が誠実だ。

「やっぱり、そうなりますかぁ」

眞鍋検察官が、大げさに嘆息しながら、髪の短い頭を撫(な)で上げた。名は健吾(けんご)。中年真っ盛りの四十代で、葛西よりも二つか三つ年上だろう。いつも柔らかな笑みを絶やさないが、これは相手の油断を誘うための演技ではないかと葛西は疑っている。

「正式な鑑定結果は明日までに提出します。ではこれで」

葛西がそそくさと立ち去ろうとすると、

「ああ、それで葛西先生。じつは折り入ってお願いがあるんですが」

ほら来た。

いかにも恐縮してますという表情がわざとらしい。

「無理です」

「やだなぁ。まだなにもいってませんよ」

「本鑑定も引き受けてくれというんでしょ」

「ありがとうございます！」

検察官にしては無邪気すぎる笑顔で頭を下げる。こうやって自分のペースに持ち込むのが彼のやり方だと、葛西は五年間の付き合いで学んでいた。

「私もまだ引き受けるとはいってません」

本鑑定ともなれば、簡易鑑定に比べて十倍以上の時間と労力を割かねばならない。もちろん鑑定料は支払われるが、それでも個人クリニックを経営する身には負担が大きい。

「いや、先生がお忙しいのは重々承知してます。でも、いま本鑑定の鑑定人はほんとになり手がいなくて、もう我々が頼りにできるのは葛西先生だけなんですよ。どうか、このとおり、お願いします！」

最後は両手を合わせて拝んでくる。

たとえ見え透いた演技でも、これをやられると嫌といえなくなってしまうのが、葛西幸太郎という男なのだ。眞鍋もそれをわかってやっているのだから人が悪い。ただ、犬崎理志のケースに関するかぎり、葛西自身が少なからぬ興味を抱いているのも事実ではある。

「……今回で最後ですからね」

葛西は、いかにも渋々という顔でいった。

「もちろんです！」

嘘つけ。

4

仕事帰りの買い物を済ませてコンビニを出たとき、その連中はまだいた。おそらく塾帰りだろう。中学生と思しき少年少女が五人、駐車場のアーチ型車止めに腰掛けたり、店舗のガラス壁にもたれたりしながら、それぞれ清涼飲料水のボトルを片手に、袋のスナック菓子を回し食べている。ときおり、けたたましい笑い声とともに、口から菓子の破片を吐き散らす。神谷葉柄は、目を合わせぬようにしてその場を離れ、暗い夜道を急いだ。

自宅アパートは、コンビニから歩いて十分ほどのところにある。きょうの夕食として買ってきたのは、チーズとハムのブリトー、ミックスサンド、ツナマヨおにぎり、それに缶チューハイだ。とりあえずレジ袋ごと冷蔵庫に放り込み、シャワーを浴びると、ようやく一息つけた。

子供のころから苗字が密かな自慢だった。きっかけは小学二年生のとき。どういう経緯があったのかは忘れたが、初対面の綺麗な女の人からこういわれたのだ。

「へえ、君、神谷くんっていうの。芸能人みたいでカッコいいね」

彼は有頂天になり、その言葉を幼い心に刻みつけた。

以来、自己紹介や受付などで、

「神谷です」

と名乗るときのなんともいえない誇らしさは、長きにわたって神谷葉柄の自尊心を支え続けた。

魔法が解けたのは大学生になってから。

「神谷くんって名前負けしてるよね」

と女子学生に笑われたのだ。そこで彼はようやく、自分には苗字以外にこれといって誇るべきものがない、という事実に気づいた。容姿、頭脳、運動神経、いずれも下の上が精々。自分はとるに足らない、つまらない人間だったのだ。自尊心はあっさり崩れ去った。なんとか住宅メーカーの営業職に就いたものの、激務のわりに得られる給料は少なく、自尊心を回復させる額にもほど遠かった。

自信を失ったまま、恋人をつくることもできず、ひたすら仕事で若さを摩耗させる日々の中で、社会人生活三年目、彼の精神はついに限界を迎える。人の視線が怖くて外に出られなくなったのだ。仕事を辞め、自宅に引きこもった。親に勧められてカウンセリングを受けたり、向精神薬や漢方薬を試したりしたが、効果はなかった。

そんなあるとき、メンタルクリニックで初めてエモーション・コントローラーを試した。たちまち〈視線が怖い〉という気持ちが消え、世界がこの上なく美しく見えた。それは彼にとって強烈な体験だった。すぐに家庭用を購入して毎日使った。そうしてようやく家を出て再就職し、社会復帰を果たしたのだ。

現在の仕事も不動産関係だが、デスクワークがメインで、比較的にせよ規則正しい生活を送れている。すべてはエモコンのおかげだ。ただし、医療用ならば二〜三日は効果が持続するが、家庭用は十二時間ほどで切れる。しかも、ユーザー登録できるのは一台のみで、一回使うと二十四時間は使用できなくなる。つまり仕事を終えて家路に就くころには、エモコンの効果は消えている。だから自宅に帰り着くと、心からほっとする。

シャワーの後は、食事をとりつつ、ゲームやネトフリで時間を潰す。一日の中でこの時間帯だけ、ほんとうの自分にもどっている気がする。その感覚は、嫌いではなかった。明日になればまたエモコンを使って仕事に行ける。そう確信できるから。きっと〈氷の君〉にも会えるから。

ただ、多少の後ろめたさも感じないではない。本来なら、エモコンなどなくても、普通に生活できるほうがいいに決まっている。だが少なくとも自分にとって、いまの現実世界は素で生きるには過酷すぎる。エモコンを手放すのなら、まず世界を変える必要があるのだ。エモコンで心に仮面を付けなくて済む世界に。
そんな世界を、なんと呼べばいいのだろう。〈理想郷〉か。いや違う。〈理想郷〉なんて、いろいろルールがあって息苦しそうだ。かといって〈天国〉は死んだ後に行く場所だからちょっと怖いし、〈地上の楽園〉だと南の島のビーチみたいな場所を思い浮かべてしまう。自分が求めているのは、そこまで具体的なものじゃない。自分を不快にさせたり、心を苛んだりするものがなければ、それで十分だ。ひたすら心地よく、自由に過ごせる世界。あえて言葉で表現するなら、そう、〈夢の国〉。

5

簡易鑑定の面接はたいてい検察庁の取調室で行われるが、本鑑定では拘置所の面接室を使うことが多い。拘置所というと、透明な遮蔽板を挟んで弁護士や家族と面会するシーンをイメージされやすいが、精神鑑定の面接室はあれとは違う。警察や検察の取調室と同じく、こぢんまりとした部屋にスチール製のデスクが置かれているだけだ。鑑定人と被疑者は、ここに向かい合って座る。

拘置所内を被疑者が移動するときは、必ず刑務官が付き添う。通常は精神鑑定の面接にも刑務官が同席するが、被疑者の心理的プレッシャーを和らげるためにあえて席を外してもらうこともある。

「では、終わったら連絡してください」

「ご苦労さまです」

刑務官が出ていくと、葛西幸太郎は放火および殺人未遂の被疑者と二人きりになった。犬崎理志は、前回と同じように、椅子の背もたれにゆったりと長身を預け、深く澄んだ瞳で葛西を見つめている。きょうは手錠も腰縄も付けていない。この部屋で凶器になりそうなものは椅子くらいだが、これはチェーンで床に固定されており、振り上げたりできないようになっている。面接室には非常ボタンも設置してあり、押せばたちまち刑務官が駆けつける。

「体調を崩したりしていませんか」

犬崎理志が首を横に一振りする。

「きょうから本鑑定に入りますが、簡易鑑定から引き続き、私、葛西が担当します。どうぞ、よろしく」

葛西は、裁判官の発した鑑定処分許可状を提示してから、本鑑定について説明する。

「面接の日時は決まっているわけではありませんが、だいたい週に一回くらいのペースで行う予定です。その他にも、心理検査や身体検査を受けてもらいますが、身体検査のときは病院に行くことになります。よろしいですか」

　小さくうなずいた。

「犯行については前回一通り聞いているので、きょうは、これまでの犬崎さん自身のこと、子供時代の思い出や印象に残っている出来事などを話してもらいます」

　葛西幸太郎が精神鑑定に関わり始めたのは三十歳のときである。当時勤務していた病院の先輩医師が精神鑑定のベテランで、彼の鑑定助手として経験を積む機会を得たのだ。その後、鑑定人として独り立ちし、簡易鑑定、本鑑定ともにさまざまな案件を手がけた。駅前オフィスビルの三階に〈かさいメンタルクリニック〉を開業してからもたびたび声がかかり、本鑑定はともかく、簡易鑑定であればよほど都合が悪くないかぎり引き受けている。

　精神科医の中でも鑑定経験をもつ医師は少ない。理由はいろいろあるが、まず精神鑑定そのものの難しさが挙げられる。ただでさえ捉えどころのない〈心〉を扱う上に、期限内に一定の結論を要求されるのだ。しかもその結論が人の一生を左右するのだから責任も重い。

　しかし、得られるものも小さくはない。

　一つは、臨床能力の向上だ。精神鑑定の場では、統合失調症、うつ病、パーソナリティ症に加え、じつにさまざまな病態に遭遇し、精神科医としての知識と経験の幅を広げてくれる。

　また、鑑定結果について、たとえば裁判員のような一般の人たちにも理解してもらわなければならないので、おのずと丁寧かつ簡潔に説明する力が身につく。

そして、もう一つ、葛西にとっての収穫は、精神鑑定を通して〈悪〉とはなにかを深く考える機会を得たことだった。

精神鑑定では、対象者に責任能力があったかどうか、すなわち、自分の行為が犯罪であるという自覚があり、その行為を意思の力で制止することが可能だったのか否かに焦点を当てる。〈悪〉と認識しながら〈悪〉を為せば有罪だが、その認識を持てない状態で〈悪〉を為しても罪に問えない。だが〈悪〉としてより純粋なのはどちらだろうか。一片の罪悪感もなく、無垢な心で〈悪〉を為す存在のほうが、ある意味、社会にとって脅威ではないか。〈悪〉であるという自覚がない以上、その行為に歯止めを掛ける理由もないからだ。

たとえば今回のケース。犬崎理志の犯罪事実は「F市長選挙の候補者事務所に侵入し、ガソリンを撒いて火をつけた」である。これほどの重大事件を引き起こした動機は「夢の国に相応しくないから」という意味不明なもので、「果たすべき役割を果たしただけ」と供述しているとおり罪悪感は皆無だ。簡易鑑定では結論を保留したが、本鑑定で犯行時に心神喪失の状態にあったと認定すれば、彼は無罪になる。だが、措置入院による治療が施されたとしても、彼の中に「夢の国に相応しくないものは排除しなければならない」という意思が存続するかぎり、同じような犯罪を繰り返す恐れはある。彼は、自分の行為が法律に触れることは理解していたが、〈悪〉を為したとは考えておらず、後悔も反省もしていないのだから。

眞鍋検察官と取り決めた鑑定期間は二カ月。この限られた時間内に、犬崎理志の精神的実像に迫り、犯行時の彼に責任能力があったか否かを判定する。それが、鑑定人・葛西幸太郎に課せられた仕事になる。

6

目の前を行き交う人々を、遠藤マヒルはそれとなく観察する。一日の疲れが顔に出ている人もいれば、夜の始まりに目を輝かせている人もいる。いまの自分は間違いなく後者に見えるだろう。時計を確認する。あと一分。

人と待ち合わせをするのは久しぶりだった。待ちながらこんなに心が弾むことも、孝史(たかし)と付き合っていたころでさえなかった。十歳くらい若返った気分だ。

十九時ジャスト。

辺りを見回しても、それらしき姿はまだない。さっそく迷ったのだろうか。もっとわかりやすい場所を指定してあげたほうがよかったかもしれない。反省しながら、とりあえず電話してみようとスマホを手にしたとき、目の端にピンク色の髪が見えた。十代の女の子か。小柄で、大きなメガネをかけ、いかにも待ち合わせといった風情(ふぜい)できょろきょろしている。彼氏と待ち合わせかな。マヒルは、微笑(ほほえ)ましさに頬(ほお)をゆるめながら、スマホの画面に目をもどす。発信ボタンをタップしようとしたところで、指が止まった。なにかに引っ張られるように顔を上げる。

あのピンク髪の女の子が、こちらを見ていた。視線を定めたまま、足早に近づいてきて、目の前でぴたりと停(と)まる。

「マヒルだよね」

「あ……楓(かえで)？」

見つめ合う数秒で、七年の空白が埋まった。

次の瞬間、歓声を上げて抱き合っていた。


マヒルが予約しておいた店は、歩いて五分ほどのところにあった。九州の地鶏(じどり)と海鮮料理を手(て)頃(ごろ)な値段で味わうことができる上、二名から個室が使えるというので、以前からよく使っている居酒屋だ。値段の割に店構えも立派で、入る直前になって楓が、

「ここ、高いとこじゃないよね？」

と念を押したほどだ。

案内された個室は、落ち着いた雰囲気のテーブル席だった。周囲のざわめきも適度に漏れ入ってきて、おしゃべりを楽しむにはちょうどよい。まずは七年ぶりの再会に乾杯して、故郷の味を堪能(たんのう)する。定番である地鶏の炭火焼、刺身の盛り合わせ、串(くし)もの、それに忘れちゃいけないシーザーサラダ。楓は、運ばれてきた料理を口にするたびに、

「こんな美味(おい)しいもの、東京に来て初めて！」

と至福の表情を見せながらたちまちチューハイを空け、二杯目をタッチパネルで注文した。

「あ、ぼんじりも食べよっと。マヒルは？」

「じゃ、わたしも。ついでにチューハイもいっしょに頼んで。楓と同じやつでいい」

二回目の乾杯を鳴らすころには、ほどよく酔いが回り、口も滑らかになる。

「楓とお酒を飲める日が来るなんてねえ」

「大人になってから初めてだもんね、こうやって会うの」

「楓はずいぶん印象変わったよね。別人かと思った」

「うん、いい機会だから、自分に気合い入れたくて」

高校時代の多村(たむら)楓は、至って地味だった。大半の女子生徒が、教師にばれないようメイクする技を競う中、楓だけは最後まですっぴんを通した。マヒルの楓に対するイメージは、そのころのままだ。髪を染めたなんて聞いていなかったから、最初わからなかったのも無理はない。それに、メガネを外した顔をよく見ると、右の眉(まゆ)を上下から挟むように、銀色の小さな玉が二つ並んでいる。バナナバーベルと呼ばれるタイプのピアスだ。

「それ、痛くないの？」

「ぜんぜん」

「自分で開けた？」

「まさか。地元の評判のいいお店でやってもらった」

マヒルも耳たぶにピアッシングしたことはあるが、それ以外のいわゆるボディピアスは試したこともない。

「ほんとに思い切ったね。高校のころからは想像も付かない」

楓の楽しげだった眼差(まなざ)しが、ふと素にもどる。

「ま、東京で舐(な)められたくないってのもあったかな」

多村楓と同じクラスになったのは高校二年のとき。表情が乏しくて暗そうな子だな、というのが第一印象だった。そんな楓に俄然(がぜん)興味を持ったのは、彼女が漫画家を目指していることを知ったからだ。すでに新人賞にも何作か投稿したという。将来のことなどろくに考えていなかったマヒルは、ひとり夢に向かって歩き出している楓に尊敬の念さえ抱いた。投稿したものの落選したという作品を読ませてもらったこともある。楓によるとブロマンスと呼ばれるジャンルの物語で、思い詰めたような目で感想を待つ楓に「荒削りかもしれないけどすごく才能を感じる」とマヒルは力を込めていった。「きっとプロになれるよ。わたしも応援する」楓は瞳を潤ませて「ありがとう」と応えた。以来、マヒルは、楓が新作を描(か)いたら最初に読んで感想を伝える〈第一読者〉になった。楓はマヒルのことを親友だといってくれた。マヒルも同じように思っていた。

それなのに、高校を出てから七年間も疎遠でいたのには理由がある。卒業式の直前、楓の新作をめぐって空気が険悪になったのだ。楓はその『エンドレス』というタイトルの作品を、これまでの自分の殻を破るための挑戦だといい、いつも以上に忌憚のない意見を求めた。だからマヒルは思ったままを伝えた。少し厳しい言い方になった。楓は礼をいったが、表情は硬く、目もどこか虚ろだった。そして翌日から、話しかけても無視され、テキストを送っても返事が来なくなった。マヒルも気がかりではあったが「忌憚のない意見をいえというからいったのに」という思いも拭えず、自分から歩み寄ることが最後までできなかった。結局、卒業式当日も目を合わせることすらなく、それきりになってしまっていたのだ。

「上京したのは、やっぱりプロになるため？」

「そうだね」

楓が軽く答えてチューハイを一口飲む。

「もちろん、地元にいたままでもプロを目指せないわけじゃないけど、東京にいなきゃわからないこともあるだろうし、せっかく付いた担当さんとも顔を合わせてやりとりしたいし、まあ、一度は東京での生活も経験しておきたかったから」

多村楓から「わたしのこと覚えてますか」とメッセージが届いたのは一週間ほど前だった。

「よかったら会わない？　わたしも先週から東京に住んでるから」その後のやりとりで、楓が地元で働きながら投稿を続けた結果、有名漫画アプリのコンテストで高い評価を獲得し、本格的なプロデビューまであと一歩のところまで来ていることを知った。マヒルが東京にいることは人伝に聞いたという。

「マヒルこそ、すごくカッコよくなってて、びっくりした」

「そう？」

きょうは会社から直行したからパンツスーツのままだ。

「バリバリ仕事してる大人の女って感じ」

「毎朝、会社行きたくないって泣いてるけどね」

マヒルが勤めているのは、海外ブランドの輸入代理店にもなっている貿易会社だ。給料は悪くないが、売り上げが不振のときは、使いもしない化粧品や香水を自腹で買わされる。今期も目標を達成できそうにないので、覚悟しておいたほうがよさそうだ。

「バリバリやってるのは楓のほうでしょ。いまでも描いてると聞いたときは、ほんとうに嬉(うれ)しかったよ」

「まだ夢を叶(かな)えたわけじゃないよ」

楓が照れくさそうに笑ってから、

「まずは連載での本格デビュー。正直、この二年が勝負だと思ってる」

視線を遠くへ飛ばした。

「東京に来た最大の目的はそれかな。自分を追い込むため」

ああ、とマヒルは思う。この子はほんとに変わっていない。なんど壁にぶつかっても、跳ね返されても、諦(あきら)めなかった。この七年間も、少しずつ、前に進んできたのだろう。そして、あと一歩で夢に届くところまで到達した。

翻って、自分はどうだろう。同じ長さの歳月を生きたはずなのに、あのころよりも前に進んだといえるだろうか。

「どうしたの」

マヒルは顔を上げて笑みを見せる。

「楓、ほんとに頑張ってきたんだなと思って。それに比べてわたしはなにやってんだろうね。ちょっと自己嫌悪」

「いやいや、だれが見たって社会人として立派にやってるのはマヒルでしょうに！」

「いまのわたしは、目の前に世界を滅ぼすボタンが現れたら躊躇(ためら)わずに押す。そうすれば会社に行かなくて済むから。立派な社会人はこんなことしない」

「いまの仕事、嫌いなの？」

「仕事自体は嫌いじゃないけど、上司がパワハラ脳筋ゴリラなんだよね」

「うわ、最低」

「ほんと、最低」

「そんな奴(やつ)、死んじゃえばいいのにね」

直截(ちょくせつ)な言葉にマヒルは驚いて、

「楓、そんな物騒なキャラだったっけ？」

「そだよ。ずっと猫かぶってただけ」

「えー」

楓が、うそうそ、と手を叩いて笑う。

「でも、ボタンを押すのはあと二年待って。もしプロデビューする夢が叶わなかったら、そのときはいっしょに世界を滅ぼそう！」

三杯目に突入したあとは、難しい話はいっさい抜きにして、ひたすらおしゃべりを楽しんだ。あふれるように湧いてくる他愛ない話に身を委ね、いっしょに笑い合った。もっとも、地元のクラスメイトたちの近況に話が及び、すでに結婚して子供も生まれている子が何人もいると聞かされたときは、自分もそういう年齢になっていたことをいまさらのように思い知らされて軽くショックを受けたが。


「きょうは楽しかったぁ」

「またこうやって飲もうね」

楓とは、光と喧噪の流れる街をしばらく並んで歩いたあと、ＪＲ駅の前で別れた。マヒルはひとり地下鉄のホームに下り、入ってきた電車に乗り込む。吊革を握ると、口から吐息が漏れた。

楽しい時間だった。それは間違いない。あんなにたくさんしゃべって笑ったのは久しぶりだ。

しかし、物足りなさを感じているのも事実。物足りなさというより、失望か。

理由はわかっている。

二人が疎遠になったそもそもの原因、多村楓が高校時代の最後に描き上げた作品『エンドレス』だ。きょうの再会で、心に残っていた小さな痼りを、ようやく取り除けると思っていた。以前のように、なんのためらいもなく親友と呼び合える仲にもどれるはずだった。思わず歓声を上げて抱き合ったとき、期待は確信に変わった。それなのにマヒルは、そしておそらく楓も、最後までその話題を避けてしまった。

楓の気持ちはわからないではない。自分ではあの一件を乗り越えたと思っていたのだろう。でなければ、東京に友人と呼べる人間がほかにいないという事情はあったにせよ、あえてマヒルと会おうとはしないはずだ。忌憚のない意見を求めたのは自分なのに、いざ厳しいことをいわれると、へそを曲げる。そんな子供じみた振る舞いを後悔して、マヒルに謝罪するつもりでいたのかもしれない。だが、いざ会ってみると、自分ではとうに克服したと思っていた傷が、実際にはまだ癒えていなかったと気づく。だから、どうしても『エンドレス』のことを持ち出せなかった。

では、とマヒルの思考はさらに奥へと分け入る。

わたしはなぜ『エンドレス』の話題を避けたのだろう。「あのときはわたしも少し言い過ぎた。ごめん」とひとこと謝れば済む話だ。楓の気持ちを考えて、あえて触れなかったのか。

違う。

わたしも触れたくなかったのだ。触れる勇気がなかった。あのときの自分と向き合うことになるから。

求められたとおり忌憚のない意見をいっただけ。そう自分自身にも思い込ませていたが、実際はどうだったか。あのとき、わたしは、楓が傷つくのを承知で『エンドレス』を酷評したのではないか。むしろ楓を傷つけたくて、彼女渾身の作品を貶したのではなかったか。わたしは、自分にはない夢を持ち、その夢に向かって全力で突き進む楓を、羨ましく思っていた。『エンドレス』を読んだとき、それが嫉妬へと変わった。いや、たぶんそれ以前から、妬ましいという思いがあったのだろう。それがとうとう抑えられなくなったのだ。『エンドレス』はそれほど心に響く作品だった。このままでは楓の夢がほんとうに叶ってしまう。置いていかれる。だから……。

マヒルは、露わになった己のおぞましい姿に思わず目をつむり、うなだれた。若さゆえの未熟、といわれればそれまでだ。ただでさえ心の不安定な時期でもある。自己嫌悪に悶えるエピソードの一つや二つ、だれしも経験しただろう。いまさら気に病むほどのことではないのかもしれない。

だが、そうはいっても――。

スマホにテキストが着信して、思考のスパイラルが断たれた。

楓からだった。

「きょうはありがとう。楽しかったよ」

マヒルも返信する。

「こっちこそ会えて嬉しかった。ほんとにまた飲もうね」

「うん。約束だからね」

短いやりとりを終えてスマホをバッグにもどし、ふと黒い車窓に目をやると、そこに映る自分の目元が温かくゆるんでいる。ああ、そうか。これでいいんだ、という思いが、すっと胸に落ちた。過去の望ましくない出来事と向き合い、痛みに耐えながら消化するのではなく、最初からなかったものとしてやっていく。そういうことで、わたしたちは今夜、合意したのだ。いまのわたしたちには、それができる。大人になった、ということだろうか。

7

次のカードを手にした犬崎理志が、訝(いぶか)しげに目を上げる。

「これ、さっきも同じ質問がありましたよ」

「いくつか重複しているんです。前回と違った答えになっても構いません。気にしないで、直感で決めてください」

微笑みながら答えたのは、葛西幸太郎と同じ大学の後輩にあたる皆川陸(みながわりく)だ。色白で優しい目をしたこの男は、公認心理師の国家資格保持者であり、今回、葛西の依頼を受けて犬崎理志の心理検査を担当しているのだった。ちなみに検査の費用は葛西が彼に直接支払い、後日、鑑定料とは別に経費として検察官に請求することになる。

いま犬崎理志の前には、底の浅い箱が二つ並んでいる。彼は、手にしていたカードを迷うことなく「あてはまらない」と書かれたほうの箱に入れ、厚く積み上げられたカードの束から次の一枚を取った。カードはぜんぶで五百六十六枚あり、それぞれに「私は全く自信がない」「物音で目をさましやすい」「ぜんそくや花粉症の気はない」などと質問項目が短く記載されている。それに対する答えから被検者のプロフィールパターンを作成し、さまざまな精神的特性を炙り出すこの心理検査は、ＭＭＰＩ（ミネソタ多面人格目録）と呼ばれる。

ＭＭＰＩの特徴の一つは、検査結果の意図的な歪曲が難しいことだ。被検者が自分の症状を悪く見せようとしたり、逆に良く見せようとしたり、あるいは質問項目をろくに読まないでデタラメに答えたりしても、それが受検態度を測定する尺度に反映され、プロフィールパターンに現れてしまう。

「こいつは、さながら〈心〉の超音波エコーですよ」

かつて皆川陸はＭＭＰＩを評して、興奮ぎみにそういったことがある。さまざまな尺度を駆使すれば、たとえ被検者がどれほど隠そうとしても、プロフィールパターンの波形から心を読みとれるのだと。

葛西は皆川陸と相談して、犬崎理志に対して四つの心理検査を実施することを決めていた。そのうち、すでにウェクスラー式知能検査、ＰＦスタディ、ＨＴＰＰ検査は終えており、きょうのＭＭＰＩが最後となる。

「どうなってるのか、さっぱりです」

モニター画面に映った皆川陸は、困惑しきっていた。

「こんな無風のプロフィールパターン、見たことありません。どんな尺度を使っても完全な正常値で、プロフィールパターンがほぼ一直線になるなんて、やろうと思ってもやれるもんじゃない。ぼくだって無理です」

ＭＭＰＩの計算処理結果は、その日のうちにメールで送られてきた。いまはオンラインで、詳細な説明を受けているところだ。

これまでに犬崎理志に実施した四つの心理検査のうち、最初のウェクスラー式知能検査では、上位十パーセントに入るほどの高い知能を示した。これは面接で得ていた印象からも納得できる。

しかし続くＰＦスタディでは、予想外の結果が出た。ＰＦスタディとは、日常的に遭遇するような欲求不満場面が描かれた二十四枚の画を見せて、欲求不満への対応の仕方や耐性を測定する検査である。犬崎理志は、犯罪傾向が表れやすいこの検査において、ごく穏健な反応に終始したのだ。〈夢の国〉に相応しくないと感じただけでガソリンを撒いて火を点けるような人間が、だ。

このときの皆川陸の解釈は、

「警戒して本心を見せないようにしている可能性がある」

というものだった。

「でも、ＭＭＰＩなら、そのあたりもはっきりさせられるはずです」

しかし結局、そのＭＭＰＩでも、犬崎理志の受検態度に問題があることを示す数値は出なかった。つまり犬崎理志は、少なくともＭＭＰＩにおいては、意図的に結果を操作しようとはしていない、ということになる。

「反社会性の強い精神病質患者に反応する尺度でさえ、ぴくりとも振れない。もう、わけがわかりません」

「となると」

葛西は口を開く。

「ここまでの検査で、かろうじて病的な反応が得られたのは、ＨＴＰＰ検査だけってことになるね」

「あの樹木画だけです」

皆川陸が小さくうなずく。

ＨＴＰＰ検査は、ＭＭＰＩの前に行った描画テストだ。この検査では、Ａ４判の用紙を一枚ずつ使い、〈家屋〉〈樹木〉〈人物〉〈最初の人とは反対の性の人物〉を順に描かせる。家屋画には育った環境や家族関係が、人物画には自己像や対人関係が示されやすいが、心の深層がもっとも映し出されるのは樹木画だといわれている。家屋や人物と比べて、樹木には自己と直接つながる要素が少なく、描くときに心理的な抵抗を感じにくいからだ。そのために、心的外傷となる過去の経験や、本人が認めたくない否定的な感情、無意識のうちに感じている自分自身の姿が、画の至るところに表れる。

たとえば根は、大地と結びついて樹木を支え、樹木全体へエネルギーを供給する役割を果たしている。そのため根の描かれ方には、本人の土台となっている過去の出来事や、現実との接触の仕方、無意識の欲求などが表出する。

その根からエネルギーを樹冠へ流す通路であり、木の中心領域でもある幹は、自我の状態や情緒、成長過程を反映する。

そしてエネルギーの到達点である樹冠は、他者との交流、理性や思考の働き、未来への希望を象徴する。したがって樹冠を大きく豊かに描くのは、自信や大望を持っていたり、一つの目標に向かって打ち込んでいたりする人に多い。〈夢の国〉建設という遠大な目的のために犯罪すら厭(いと)わず、そんな自分の行為に満足している犬崎理志ならば、堂々たる樹冠を描いてもおかしくはなかった。

ところが、実際に彼が樹木として描いたのは、大きく豊かな樹冠どころか、枝の一本、葉の一枚も付いていない、裸の切り株だったのだ。それも下方に小さく一つだけ描かれ、用紙の大部分は空白のままだった。

「ああいう樹木画を描く人はきわめて稀(まれ)です。あの画から伝わってくるのは無力感、つまり、被検者は自分の力ではどうすることもできない深刻な状況にある、少なくとも、自分ではそう感じている、と解釈できます」

「でも面接では、そんな印象はまったく受けなかった」

「同感です。ぼくも彼を検査してみて、目の前にいる人が深刻な問題に直面しているようには感じられませんでした。そのあたりのことも含めて、ＭＭＰＩで明らかにできると期待していたんですが」

「彼の描いた家屋画と人物画は、ごく標準的なものだった。ほかの心理検査でも不自然なほど正常な反応ばかりだ。なぜ樹木画でだけ極端に逸脱したのか。描画後の対話でも、皆川くんがあの切り株のことを尋ねたときだけ、反応に時間がかかっていたよね。返答の内容も、ほかの課題の画について語るときに比べて、ひどく歯切れの悪いものだった。つまり彼自身、なぜ自分があんな画を描いたのか、理解できていなかった」

「……どういうことでしょう」

「ここからは、余談として聞いてほしいんだけど」

と葛西は軽く笑みを見せる。

「あの切り株を描くときだけ、犬崎理志の本来の自我が顔を出した、とは考えられないかな」

「本来の自我？」

「樹木を描くときは、心理的な防衛機制がほとんど働かない。そのために、深層にある自己が画に出やすい。だから、あの樹木画にだけ、かろうじて、犬崎理志のほんとうの自我の状態が映し出されている。そう考えると、いろいろと説明できるんじゃないかと思ってね」

これはＨＴＰＰ検査のあと、犬崎理志の描いた〈切り株〉の意味を葛西なりに考察して至った説だった。

「いまの犬崎理志は、本来の姿とは乖離(かいり)している。家族、友人、同僚など、彼を知るだれもが別人のようだと口をそろえる。解離性同一症、いわゆる多重人格ではない。犬崎理志の表面的な人格は一貫している。記憶の断絶もない。しかし、なにかが根本的に違っている。そこで、次のような仮説を立ててみた」

一呼吸おく。

「犬崎理志の中には、本来の自我を麻痺(まひ)させ、代わりに彼の精神を支配している別の〈なにか〉が存在するのではないか」

葛西は、皆川陸の反応を注意深く見守りながら、続ける。

「その〈なにか〉は、犬崎理志の自我が表に出ないよう注意深く監視している。しかし、樹木画を描くときだけ、監視がわずかに緩んだ。あの切り株は、犬崎理志の本来の自我が、そのわずかな隙(すき)を突いて発した、助けを求めるシグナルだったのではないか」

皆川陸の表情が固まっている。

数秒の後、目元を険しくして、

「犬崎理志の精神を乗っ取っている〈なにか〉とは、なんです？」

「見当も付かない」

「いやあ、なんというか……」

うつむきながら視線を揺らす。

「大胆な仮説、ですね」

「まあ、さっきもいったとおり余談だ。真に受けないでくれよ。さすがにこんなことを鑑定書に書くわけにいかないからね」

「でも、それって、まるで……」

葛西の声が聞こえなかったのか、独り言のように付け加える。

「……体内の奥深くに潜んで、宿主を思いどおりに操る、寄生虫じゃないですか」

8

「なに、おじさん」

敵意をはらんだ声を合図に、五つの双眸(そうぼう)がいっせいに睨んでくる。毎週金曜日の夜、神谷葉柄が仕事帰りに立ち寄るコンビニで必ずといっていいほど出くわす中学生らしき少年少女が、きょうも駐車場の一角を占領し、我が物顔で座り込んでいた。

「怖いんですけど」

「はーい、通報しますよー」

一人がスマホのカメラを向けてきたが、神谷葉柄は、左手に通勤用のバッグ、右手にレジ袋を提げたまま、無言で彼らを見つめ続ける。人を不快にさせるこういう連中は存在すべきではない。だから排除しなくてはならない。問題は、どうやってやるか。刃物で一人一人刺していくのは効率的ではないし、抵抗されたり逃げられたりして失敗する可能性も高い。車で突っ込めばまとめて轢き殺せるかもしれないが、そもそも自分は車を持っていない。いや待てよ。レンタカーを使うという手がある。よし、これで問題は解決だ。そう結論に達すると、口元に笑みを浮かべた。

「……なんだ、こいつ。頭、おかしいんじゃねえの」

少年たちの顔に、本物の怯えが過ぎる。

「もう行こうよ。マジで怖い」

一人が腰を上げると、ほかの四人も後ずさるように立ち上がり、駐車場から出ていく。去り際、さっきスマホを向けてきた少年が振り返り、

「ネットに上げてやるからなっ！」

「やめなってっ」

側にいた少女がその少年の腕を引っ張った。

彼らの姿が見えなくなると、神谷葉柄は満たされた気持ちで前を向き、自宅への道を歩きだす。よかった。〈夢の国〉に相応しくないものを一つ排除できた。これで〈夢の国〉の実現に一歩近

づいたのだ。

ふと足を止める。

振り返る。

さっきまでいたコンビニ。客の姿がちらほら見える店内から、照明の光が駐車場まであふれている。その光が、アーチ型車止めの周囲に散乱したスナック菓子の破片を照らす。地を揺らすような困惑が神谷葉柄を襲った。


ぼくは、いま、なにをした？

なにを考えていた？

なにをやろうとした？


なんだ……〈夢の国〉って。

9

かさいメンタルクリニックは、日曜日と祝日に加えて、水曜日と土曜日の午後も休診にしていた。しかし毎週土曜日の午後には、妻との大切な予定が入っている。それゆえ葛西幸太郎は、面会の日時に水曜日の午後二時を指定したのだ。

時間どおりクリニックに来訪した玉城大智（たまきだいち）は、年の頃は三十代半ば、明るい色のスーツがよく似合う、いかにも若き俊英といった感じの男性だった。

「本日はご多忙の折、貴重なお時間を割いていただき、ありがとうございます。葛西先生のご活躍は先輩たちからも常々伺っております。お目にかかれるのをたいへん楽しみにしておりました」

さすがは大手の法律事務所に所属する有望株。ソファに座って向かい合うや否や、爽（さわ）やかな笑顔から流れるように社交辞令が出てくる。

葛西は儀礼的に、恐縮です、と返してから、

「ただ、眞鍋さんからもお聞き及びかと思いますが、鑑定の見通しはまだなんともいえない状況でして」

「はい、それは承知しております」

眞鍋検察官から「犬崎理志の弁護人が鑑定人との面会を求めている」と連絡が入ったのが先週の金曜日。弁護人が鑑定人に会いたがる理由は、たいてい決まっている。鑑定の見通しに関する情報を入手して、今後の弁護方針に役立てるためだ。鑑定結果が心神喪失に落着しそうなら文句はない。心神喪失まではいかなくとも、心神耗弱を見込めるのなら、情状に重きを置いて、起訴

猶予処分や執行猶予付き判決を目指せばいい。反対に完全責任能力がありそうだとなると、別の鑑定人に私的鑑定を依頼するか起訴後鑑定を請求することを考えなくてはならない。そのときは、鑑定人尋問の場で葛西の証言を弾劾し、鑑定結果の信憑性を落とそうとしてくるだろう。

当然ながら葛西としても、被疑者の弁護人に捜査の秘密を漏らすことはできない。検察官から交付された一件資料などは捜査情報の最たるものだ。一部には鑑定の見通しも捜査の秘密に当たるという考え方もあるくらいで、この点は葛西も眞鍋検察官に確認して「ある程度の見通しと理由を説明するくらいなら構いません」との回答を得ている。

一方で、弁護人との面会にもメリットがないわけではない。弁護人が手持ちの証拠を提供することもあるからだ。検察官がまだ握っていない、つまり一件資料に含まれない被疑者に関する新たな情報を得られれば、それだけ鑑定の精度が高くなる。どうやら玉城大智が面会を要求してきた目的も、こちらにあるようだった。

「じつは、先生に見ていただきたいものがあります」

とブリーフケースからA4用紙の束を取り出し、葛西の前に差し出す。

手にとると、それは十枚ほどからなる調査レポートだった。最初の数ページにざっと目を通すだけで、相当な労力が注ぎ込まれているとわかる。表やグラフのフォーマットも適切で、印象を操作するような細工が一切ないところも好感が持てた。

葛西はレポートから目を上げて、

「これは、玉城さんがお一人で？」

「といっても起訴されたケースだけで、不起訴や起訴猶予になった分は含まれていません。残念ながら、そこまでは手が回りませんでした」

そのレポートの導入部は、過去三年間に全国で発生した主な傷害あるいは殺人事件のうち、被疑者の動機が了解不能となっている件数を追ったものだった。それによると、二年ほど前から顕著な増加が認められるという。そして、それと歩調を合わせるように増えているのが、被疑者の供述に〈夢の国〉という言葉が登場するケースだ。

「たしかに〈夢の国〉という言葉は特殊なものではありません。リゾートトランドやテーマパークの形容にも頻繁に使われています。しかし、ここで問題になるのは、犯罪を正当化するために用いられたケースです」

「犬崎理志と同じというわけですか」

「はい」

葛西は、ふたたびレポートに目を落として読み進める。まるまる二ページを費やして、多くの具体的事例があげてあった。被疑者の性別や年齢、犯行の内容はさまざまだ。被害者の背景も同様で、被疑者と面識のあった人もいれば無関係な人間もいる。しかし、その動機となると「〈夢の国〉に相応しくないと思った」「〈夢の国〉に必要ないから取り除こうとした」といったものが並ぶ。最後の二例だけは〈アルカディア〉〈光の国〉という言葉が使われていたが、たしかに

〈大義の根拠となる架空の存在・場所〉という意味では〈夢の国〉と同類といえるかもしれない。

事例集を一通り読み終え、次のページへ進む。そこで最初に目に入ってきた意外な名称に、思わず声が出た。

「エモコン？」

「そうなんです」

玉城大智の声音は、これがきょうの本題であることを表している。

「確認できただけでも、犯罪の動機として〈夢の国〉をあげた被疑者の九割以上がエモーション・コントローラーの常用者でした。もちろん犬崎理志さんもです」

たしかに一件資料にも犬崎理志がエモコンのユーザーであるとの記述はあったが、葛西はとくに気に留めなかった。いまどきエモコンを使うのは、家庭で血圧測定器や低周波治療器を使うのと変わらない。

「エモコンは普及したとはいえ、継続的に使用している人となると、メーカーの発表でもせいぜい成人の二割、実際には一割未満とされています。そして、次のページに示したグラフが、一般家庭用エモコンの出荷台数と、件の犯罪数の推移を重ね合わせたものなのですが」

ページをめくって、葛西はまた唸る。二つは完全にシンクロしていた。もっとも、これだけなら、相関関係は認められるとしても、因果関係についてはなにもいえない。エモコンの普及期と犯罪の増加期がたまたま重なっただけかもしれないからだ。しかし、被疑者の九割以上がエモコンの常用者であったとなると話は違ってくる。

「エモコンが、犬崎理志のケースを含めた一連の犯罪を誘発していると?」

「その可能性を考えないわけにはいかないと思います」

なるほど。玉城大智はエモコン原因説を押し出して不起訴処分に持ち込むつもりか。しかし、公正・中立を旨とする鑑定人としては、この情報を無視することも許されない。

「この資料、眞鍋検察官に見せてもよろしいですか?」

「もちろんです」

捜査の秘密を弁護人に教えられないのと同様、弁護人から提供された情報を無断で検察官に漏らすのもルール違反だ。葛西はこのあたりの配慮に人一倍気を遣っていた。でなければ、検察官や弁護人の信頼を得られない。

「それにしても、犬崎理志がエモコンのユーザーだったという情報一つから、よくここまで突き止めましたね」

眞鍋検察官が「若いのに、なかなかのやり手ですよ」と評したのも納得できる。もちろん、レポートの内容が事実であることが前提だが、わざわざ虚偽のレポートを作成するとは思えない。そんなことをしても調べればすぐにわかるし、露見したときのリスクが大きすぎる。

「先生はエモコンをお使いになったことが?」

「クリニックには医療用を置いていますが、自分に使ったことはありません」

「私は好奇心から一度だけ体験しました。家庭用ですが」

玉城大智が、ローテーブルのカップに初めて手を伸ばした。とうに冷めているであろうコーヒーで口元を湿らせ、

「怖くなりました」

と笑みを見せる。

「それはまたどうして」

カップをテーブルにもどし、

「とくに理由もないのに、滅多に味わえないほどの晴れやかな気分になれる。しかし私には、その感情が嘘っぽく感じられてならなかったのです。嘘っぽいというより、自分のものではない、という感覚に近かったかもしれません。自分が自分でなくなってしまった、あるいは、何者かに心を乗っ取られたような」

葛西は、最後の言葉にぎくりとした。

「エモコンは人の感情を機械的に操作するものです。メーカーは重篤な副作用はないと主張していますが、私にはあれを使い続けて正気でいられる自信がありません。こういう意見は少数派でしょうけど、聞くところによると、アメリカや欧州各国では少しばかり事情が違って、家庭用のエモコンは日本ほど普及していないそうですね。精神科医やカウンセラーの団体だけでなく、向精神薬を扱う製薬会社も強硬に反対していて、販売が許可されていない国もあるとか。結果的に

は、彼らの主張が正解だったということでしょうか」

「仮に、エモコンが犯罪を誘発することが事実なら、日本でも一刻も早くユーザーに注意を促す必要がありますね」

「全面的な使用中止ではなく？」

「最終的には、ある程度の規制はやむを得ないでしょうが、いますぐ可能だとは思えません。メーカー側の抵抗もあるでしょうし。まずはできることから、です」

玉城大智が真剣な表情でうなずく。

「それに、精神科医としていわせてもらえば、医療用は残してほしいと思います。患者さんから治療の選択肢を奪うことは避けたいので。現実に、エモコンで救われたり、日常生活が可能になったりした方も大勢いらっしゃいます」

「なるほど。専門家ならではのご意見ですね。たいへん勉強になります」

そういって居住まいを正す。

「葛西先生、じつは、もう一つ、先生に精神科医としてのご意見を伺いたいことがあります」

「なんでしょう」

「今回の〈夢の国〉についてです。犬崎さんのケースに限らず、この不可解な供述をどう理解すればいいのか、私なりに考えてはみたのですが、なにぶん精神医療や心理学については素人なので、的外れな点をご指摘いただければと」

「ご期待に添えるかどうかはわかりませんが、私でよければ」

ありがとうございます、と頭を下げてから、葛西に目を定める。

「いまからお話しする中では、あくまで便宜的にですが、エモコンの常用者が〈夢の国〉等のために躊躇（ちゅうちょ）なく犯罪に走るに至った状態を〈夢の国〉症候群、現在その状態にある者を〈発症者〉と呼称します」

「玉城さんはこれを精神疾患だとお考えなのですね」

「その点も含めて、先生のご意見を伺えればと」

「わかりました。続けてください」


発症者は犯行の動機として〈夢の国〉〈アルカディア〉〈光の国〉などの〈架空の存在・場所〉、すなわちある種のユートピアの実現をあげています。私が調べた「動機が了解不能である被疑者」の中には〈神〉やそれに準ずる言葉を使った人もいましたが、エモコンのユーザーではなかったため、ここでの発症者には含まれません。

ユートピア実現のためであれば殺人すら厭わないという価値観は、現代の日本に住む我々にはとうてい受け入れられませんが、決して珍しいものではありません。〈架空の存在〉や〈思想〉を根拠とする大義のために、自らの命を投げ出したり、残虐のかぎりを尽くしたりする事例は、歴史上にあふれかえっています。となると、発症者にも当然、宗教的あるいは思想的な背景を疑いたくなりますが、ご承知のとおり、そのようなものは確認できませんでした。

　そもそも、発症者のいう〈夢の国〉には、具体性がまったく伴っていないのです。〈架空の存在〉や〈思想〉が人を動かすには、明確で強固なイメージが不可欠です。それによって恐れさせたり、情熱を喚起したりして、人を大胆な行動へと駆り立てる。なのに〈夢の国〉の概念はひどく漠然としたものでしかなく、あれほどの犯罪を引き起こすにはあまりに貧弱であるといわざるを得ません。

　一つ考えられるのは、〈夢の国〉が表面上の大義名分、いいかえれば、正義を装うための仮面として利用されている可能性です。個人、団体の如何（いかん）を問わず、正義の旗を掲げるや否やたちまち暴走を始めてしまう事例は、いまも社会の至るところで見られます。発症者も、自分の行動を正当化する方便として〈夢の国〉という曖昧（あいまい）な概念を持ち出しているのではないか。

　しかし、この説にも違和感が付きまといます。先生も犬崎さんとの面接でお感じになったかもしれませんが、曖昧な概念で正当化していると考えるには、態度に揺らぎがなさすぎるのです。自ら犯した罪に対して一片の反省も後悔も見せない言動は、一貫してまったくぶれません。その強度は、大義名分による正当化などという表面的なものではなく、もっと根深いところから精神が変容しているとでも考えなければ、とうてい納得できるものではありません。

　犯行の動機にしては曖昧すぎ、大義名分としても不自然さが目立つ。では発症者たちが口にする〈夢の国〉とは、いったいなんなのか。なぜ〈夢の国〉なのか。

ここで私は、視点を変えてみることにしました。もしかしたら自分は、表面的な事象に惑わされ、複雑に捉えすぎていたのかもしれない、真実はもっとシンプルではないのか、そう思ったからです。

私はそれまで、発症者が罪悪感なく犯行に及ぶには、それが盲信であれ大義名分であれ、〈夢の国〉という絶対的な正義の存在が前提になっていると考えていました。しかし、もし順序が逆だったとしたら、どうでしょうか。つまり発症者は、最初から罪悪感が欠落した状態にある。そう考えると〈夢の国〉の不可解さがうまく説明できるのではないか。

「発症者はそもそも罪悪感を持ち合わせないため、自分にとって不快な存在を認識したときも躊躇なく排除に動きます。そこには宗教や思想といった価値観的な背景はありません。不快という感情だけが行動の起点となっている。そして、その行為を自分の中で合理化する必要が生じて後付けされたのが〈夢の国〉という空虚な物語だった。これが、現時点における私の結論です」

葛西は、ゆっくりとうなずいてから、目を上げる。

「たいへん興味深いお話だと思います。罪悪感の消失こそが〈夢の国〉症候群の本質であり、〈夢の国〉云々(うんぬん)は付随的な要素に過ぎないというわけですね。たしかに、それなら〈夢の国〉の概念が曖昧で貧弱なのも当然だ。具体的で強固である必要はどこにもないのだから」

「そこで問題になるのが」

玉城大智が続ける。

「外部要因によって罪悪感という心のブレーキを外された状態で為された犯行は、果たしてどこまでが本人の責任なのか、という点です」

葛西は沈黙で先を促す。

「たとえば、思想的な背景をもったテロリストが日本でテロを起こし、大勢の犠牲者を出したとします。テロリストにとっては、それは喜びでこそあれ、罪悪感を抱くようなものではないでしょう。理想を実現することが絶対的正義であるという異質な価値観によって、大勢の人を殺傷することへの罪悪感が抹消されているからです。しかし、だからといって、テロリストに責任能力はない、とはなりません」

「薬剤などによって強制的に洗脳されたケースでもないかぎり、本人の責任は免れないでしょうね」

「では、エモコンによって同じ状態になった場合はどうでしょう。まさか自分の中から罪悪感が消え去るなどと期待して使ったわけではないし、その危険性についても知りようがなかった。テロリストと同一視することはできないはずです」

「おっしゃりたいことはわかりますが、犬崎理志の理性はほぼ完全に保たれています。正常に世界を認識し、自分の行為が法律に反することも承知している。犯行を思い止(とど)まる能力もあったと考えられます。それなのに犯行に及ぶことを選択した。これだけを見れば、テロリストの行動原理と非常によく似ている。少なくとも、心神喪失の基準は満たしません」

玉城大智が目元を険しくする。

「では、なぜ先生は、簡易鑑定で結論を保留なさったのですか」

「さきほどから玉城さんもご指摘のように、動機に具体性がない割には、あまりに冷静かつ理性的であるという点が一つ。それと家族や友人の『まるで別人のようだ』という証言も気にかかり、結局、責任能力があると結論するには材料が足りないと判断しました」

「現在も材料は揃っていませんか」

「残念ながら」

むしろ心理検査によって混沌としてきた感があるが、ここでの言及は控えた。

「エモコンに原因があるという説は、先生の鑑定結果に影響するでしょうか」

「確証を得られれば、判断材料に加えなければならないでしょうね。ただ、可能性があることは認めますが、現時点では仮説の域を出ないと私は考えています」

「慎重なのですね」

「人の一生を左右する問題ですから」

玉城大智が、真剣な眼差しで葛西を見つめてから、小さく頭を垂れる。

一転して晴れ晴れとした顔を見せ、

「きょうは本当にありがとうございました。長々とおじゃましてしまい、済みません」

と腰を上げた。

「お役に立てましたか」

「もちろんです」

爽やかに答える。

ドアの前で振り返り、

「ところで先生、犬崎さんとの次の面接は？」

「明日の午後を予定しています」

「クリニックは？」

「面接が入ったときは臨時休診にさせてもらってるんですよ」

「そうですか。お疲れさまです」

では、と曇りのない笑みを残し、帰っていった。

10

仕事帰りの地下鉄で吊革に摑まるころには、朝に使ったエモコンの効果は切れている。神谷葉柄は、顔を伏せて意識をひたすら内に向け、外界からの圧力に耐えるしかない。たとえ〈氷の君〉が同じ車両に乗り合わせていても、いまの彼には目を向けることすらできないだろう。

最寄り駅に到着してホームに降り立つと、圧力が緩和されて多少は気分が楽になる。人の流れに押されるようにして階段を上がっているとき、きょうが金曜日であることを思い出した。コンビニにまたあの連中がいたら嫌だな、と思った。先週の意趣返しをされるかもしれない。かといって、そのためにいつもの習慣を変えるのも悔しい。どうするか決断できないまま地上に出ると、救急車のサイレンが夜空を飛び交っていた。それも複数。周囲に目を走らせるが、赤い警光灯は確認できない。不吉な音響だけが頭上から降り注いでくる。神谷葉柄の過敏になった神経には、それが世界の終わりを告げているようにも聞こえた。ふいに彼方でサイレンが止んだ。夜の街が、ほっと息を吐いて静まった。神谷葉柄は、家路を急いだ。

先週のこの日、コンビニの駐車場で傍若無人に騒ぐ少年たちをレンタカーで轢き殺すことを妄想した。ああいう連中は〈夢の国〉には相応しくないからという理由で。もちろん妄想だけで、本気ではなかった。なかったはずだ。なのに、あれからも頻繁に〈夢の国〉という言葉が頭に浮かんでくる。ふとした拍子に思考が勝手に転がりはじめ、〈夢の国〉に必要ないものを数え上げ、気が付くと一つ一つ排除する具体的な方法を模索している。その不可解な思考は、知らぬうちに外部から入り込んだ異物のように、神谷葉柄を混乱させた。ぼんやりとしているときに、よく起こった。自分をしっかり意識しているときは、まず起こらなかった。疲れているのかもしれない。それとも、まだまだこの世界に不要なものがあふれているせいだろうか。〈夢の国〉に必要ないもの、存在すべきでないもの、排除すべきものが——。

くそ。またか。

頭を一振りして、思考の軌道を懸命に修正する。しっかりしろ。意識の焦点を自分自身へ合わせながら顔を上げると、忙しく宙を舞う赤色光が見えた。人が集まっていた。いつも立ち寄るコンビニの辺り。その一角にだけ騒然とした気配が凝集している。とつぜん間近でサイレンが鳴り響いた。群衆の中から救急車が姿を見せた。二台続けて。スピーカーの切迫した声が野次馬を押しのけ、赤色警光灯を点滅させながら走り去った。

神谷葉柄は、引き寄せられるように、コンビニへ近づく。警察車両も来ていた。張られた規制線の中で、何人もの警察官が立ち働いている。だれかの泣き声が聞こえてきた。群衆の隙間から覗くと、泣いているのは十代の女の子だった。見覚えがあった。金曜日のこの時間に屯している、いつものグループの少女だ。かなり取り乱している。女性警察官に抱えられるようにして警察車両に乗り込んだ。コンビニの駐車場には、フロントが歪に凹んだ軽自動車が乗り捨ててあった。運転席に萎んだエアバッグが見える。そして白い車体に刻まれた、赤い塗料を擦り付けたような汚れ。周囲の路面にはなにかの破片が散らばり、きらきらと光っている。

11

葛西幸太郎は目を開け、パソコンのマウスを握り直す。モニター画面に表示されているのは、犬崎理志の精神鑑定書だ。鑑定書は、結論を要約した本文と、その裏付けとなる詳細な情報を別紙に記したもので構成される。葛西は、前回までの面接の内容を、別紙の資料としてまとめているところだった。本鑑定では鑑定書もかなりの分量になるため、面接などの鑑定作業と並行して作成するのが基本だ。

　瞑想を切り上げてキーボードに手を置いたものの、カーソルは同じ場所で点滅するばかりで一文字も進まない。葛西は五分ばかり粘ったあと、ついにあきらめてパソコンから離れ、窓辺に立った。

　クリニックから見下ろす駅前通りは、いつもと変わらない。ヘッドライトを灯(とも)した車両が列をなし、仕事や学校を終えた人々が歩道を行き交う。診察室の隣に設(しつら)えた執務室は、照明の冷たい光の中で、廃墟(はいきょ)のように静まりかえっていた。クリニックを開業して六年。仮眠用のソファや机、本棚から床材の模様まで、いまや手足のようになじんでいる。壁一面の本棚には、専門書から一般向けの関連書籍まで、隙間なく詰め込まれているが、どの書籍も今回のケースでは参考になりそうにない。

　きょう玉城大智に告げた「鑑定の見通しは立っていない」というのは嘘ではなかった。統合失調症などの既知の精神疾患とは明らかに様相が異なる。かといって正常だとはとてもいえない。責任能力の有無を見極めるには、犬崎理志の精神になにが起きているのかを正確に理解する必要がある。しかし、簡易鑑定も含めてすでに五回の面接を重ねたにも拘わらず、犬崎理志の精神的実像は未だ霧の中だ。

玉城大智が開陳してくれた〈夢の国〉症候群説は魅力的ではあった。本来備わっていた罪悪感が消失したとすれば、かなりの部分を説明できるのは確かだ。だが、すべてではない。たとえば心理検査の異様な結果。ＭＭＰＩにおける極端にフラットなプロフィールパターンや、樹木画テストで描かれた〈切り株〉は、罪悪感の消失だけでは解釈できない。ただし「犬崎理志の中に彼の精神を支配する別の〈なにか〉が存在する」という自分の仮説に組み入れることならば可能かもしれない。その〈なにか〉が本来の自我を麻痺させ、その結果として罪悪感が消失したと考えれば……。

「うん、悪くないな」

葛西はにわかに手応えを感じはじめた。

問題は、その〈なにか〉の正体だ。

皆川陸が口にした「寄生虫」という例えはうまく輪郭を捉えているが、この場合はやや不適切にも思えた。葛西はもっと漠然とした、形のない霞のようなものをイメージしていたからだ。あえていえば、精神に寄生する〈精神寄生体〉だ。もちろん、そんなものが実在するはずもないが、あくまで仮想的な存在として、病態を理解する道具にはなる。

すべては犬崎理志の精神に巣くう寄生体の仕業だと仮定する。

では、その精神寄生体はどこからやってきたのか。

「なるほど。そこでエモコンか」

きれいに一本の線が通り、葛西は思わず笑みを漏らした。

とはいえ、「犬崎理志は精神寄生体に操られている」などと精神鑑定書に記述するわけにはいかない。精神鑑定に用いる知見は、医学的に広く受け入れられているものか、論文として報告されるなど学術的に検証済みのものに限られる。鑑定人による独創的なアイデアは不要なのだ。

玉城大智のエモコン原因説についても、現時点では状況証拠しかなく、いま一つ根拠が弱い。起訴となった場合、裁判員に鑑定結果をプレゼンするのは葛西の役目である。もっと説得力のある証拠が欲しいところだった。

そして、それは予想外に早く、葛西の前に現れた。


翌日。

葛西が車で一時間半ほどかけて拘置所に到着したのは、予約を入れておいた午後二時をわずかに過ぎたころだった。途中で事故渋滞に捕まってしまったのだ。あわててセキュリティチェックを受けてから、庶務課で訪問記録に記入して所定の手続きを済ませ、面接室にたどり着いたときには、すでに刑務官とともに犬崎理志が在室していた。

「遅れてすみません。渋滞に巻き込まれてしまって」

対面に着席して向き合うと同時に、葛西は異変に気づいた。

犬崎理志の背後に立つ刑務官へ目を向ける。

「先週末あたりから、ずっとこんな感じです」

「……そうですか」

葛西が目配せをしてうなずくと、刑務官が部屋を出ていった。犬崎理志との面接では、基本的に席を外してもらうことにしている。

「ご気分はいかがですか」

鞄からノートとペンを取り出しながら、あらためて犬崎理志の様子を観察する。

初めて会ったときには「バスケットボールでもやっていそうだ」と思えた堂々たる体軀が、背中を丸めているせいか二周りほど縮んで見えた。端正な顔は相変わらずだが、余裕に満ちていた口元は弛緩して震え、静かに澄んでいた黒い瞳には動揺が濃い。まるで天敵に怯える小動物だ。

「なにか思い出したのですか」

「僕は、なぜ、ここにいるのですか」

弱々しい声が返ってきた。

「自分のしたことを覚えていないと?」

小さく首を振る。

「覚えてます。ぜんぶ覚えてますけど、なぜ、あんなことをしたのか、わからない。あんなことをして、なぜ、いままで平気でいられたのか、自分が理解できない」

「あの候補者に恨みがあったのですか？」

犬崎理志が、この日初めて葛西の目を見つめた。

「ありませんよ。会ったこともなければ、本人の顔を見たこともなかったんです。あの瞬間まで」

「心当たりがまったくないと」

犬崎理志の視線が揺れた。

「あるのですね」

返事はない。

「どんなことでも構いません。聞かせてください」

「うるさかったんです」

ぼそりといった。

「なにがですか」

「選挙カーですよ。やたらと名前を連呼していて、うるさいなと思ったことはあります。でもそれだけなんですよ。その程度のことで、ガソリンを撒いて火を点けてやろうなんて、そんな恐ろしいことを考えるわけないでしょう！」

犬崎理志は、いまにも泣き崩れそうだった。

「でも犬崎さんは、警察や検察の取り調べでは〈夢の国〉に相応しくないというのが理由だと供述しています。これは覚えていますか」

躊躇いがちにうなずく。

「あらためてお尋ねしますが、犬崎さんにとって〈夢の国〉とはなんですか」

「知りませんよ」

投げやりな怒りが声に込められていた。

「これまでの犬崎さんのお話では、犬崎さんは〈夢の国〉のためにやるべきことをやった、それが犯罪であることも承知の上だった、家族にも迷惑をかけたが反省や後悔はいっさいない、とのことでした。つまり犬崎さんにとっては〈夢の国〉がすべてにおける最優先事項だった」

「それが意味不明なんですよ。なんですか〈夢の国〉って。僕が教えてほしいくらいだ」

「犯行を後悔していますか」

「というより混乱してます。僕はどうなってるんですか」

顔を歪(ゆが)めてうつむく。

精神疾患によって幻覚や妄想を発症していた被疑者が、鑑定留置中に劇的に回復することは珍しくない。精神科に受診歴のあった場合、逮捕後に服薬を再開することで病状が改善するためだ。以前は、鑑定留置中は基本的に治療しないことになっていたが、近年は人権意識の高まりもあって改められている。しかし、犬崎理志に精神科を受診した事実はないし、現在も服薬はしていないはず。

逆に、鑑定留置中に悪化することもある。当初は言い逃れに終始していた被疑者が、頭を冷やして現実を見つめるうちに犯行を後悔するようになり、抑うつ状態に陥った場合だ。また、拘禁反応によっても抑うつ、幻覚妄想などが出現することはある。だが犬崎理志のケースは、いずれにも当てはまりそうになかった。

どういうことだ。

なにが起こっている。

「お願いがあります」

犬崎理志が顔を上げていった。

「エモコンを使わせてください」

「エモコン？」

「家で使ってたんですよ。あれを使えば少しは落ち着くかもしれない」

「しかしですね」

葛西は、躊躇いながらも説明した。

「じつは、これまでの犬崎さんの異常な状態が、エモコンのせいだった可能性があるのです」

「まさか……」

「完全に証明されたわけではありませんが、いま犬崎さんがエモコンを使うと、異常な状態が再現されてしまうかもしれない。少なくとも、その恐れは捨て切れません」

「構いませんよ。どうせもう捕まってるんだから、これ以上犯罪を重ねることもないでしょう。とにかくいまは少しでも安らぎたいんです。このままでは頭がおかしくなってしまう。お願いします。エモコンを使わせてください！」

目に涙を滲(にじ)ませて訴える。

たしかに、彼をこの状態のまま放置するわけにもいかないか。もし異常が現れたら、すぐにエモコンの使用を中止すればいい。

「わかりました」

葛西は答えた。

「そういうことであれば、担当の検察官に伝えておきましょう」

「ありがとうございます」

ようやく犬崎理志が、ほっとした顔を見せる。

「私からも一つ、犬崎さんにお願いがあります」

葛西は開いたノートに鉛筆をのせ、犬崎理志の前に差し出した。

「ここに木を描いてください」

犬崎理志が白い紙面に目を落とす。

「前にも描いてもらったことがあるのですが、覚えていますか」

自信なげにうなずく。

「同じものを描く必要はありません。いまの犬崎さんが描きたいと思う木を描いてください」

犬崎理志が鉛筆を握ってノートに向かう。が、なかなか描きはじめない。眉を苦しげに寄せ、白紙を見つめたまま固まっている。

葛西は静かに見守った。いまできる心理検査はこれくらいだ。本来ならＭＭＰＩも行いたいところだが、カード式セットをクリニックまで取りに帰る時間はない。

鉛筆が動き出した。たどたどしい線がまず浮かび上がらせたのは、細長い樹幹。前回が〈切り株〉だったことを考えれば、これだけでも大きな変化だ。２Ｂの濃さの黒鉛が、さらに樹幹を支える短い根を生やす。そして樹幹の上端からは、左右に二本ずつ、細く折れ曲がった枝。そのうちの一本に小さな葉を一枚書き加えたところで、犬崎理志は鉛筆を置いた。

葛西は車にもどると、立会事務官の如月に電話をかけた。如月は眞鍋検察官との連絡窓口になっている。鑑定資料をクリニックまで届けてくれたのも、拘置所で初回面接をするときに手配してくれたのも彼女だった。眞鍋検察官に至急相談したいことがあると告げると、すぐに電話を代わった。

「いま犬崎理志の面接を終えてきたところですが、どうもかなり調子が悪いらしい。本人はエモコンによる治療を希望しています。検討してもらえますか」

『よろしいのですか?』

精神鑑定の目的は、対象者の〈現在の精神状態〉の評価を元に〈犯行時の精神状態〉を推測することだ。治療によって〈現在の精神状態〉が改善されてしまうと、正確に鑑定できなくなる恐れがある。眞鍋検察官はその心配をしているのだ。

「その代わり、エモコンを使用した後の様子を把握しておきたいので、担当医に情報の開示を求めます」

拘置所にも精神科医は勤務しているが、医務室における治療内容などについて葛西が直接問い合わせることはできない。あくまで依頼人である眞鍋検察官を通す必要があった。

『わかりました。直ちに手配します』

「よろしくお願いします」

通話を切って息を吐いた。

犬崎理志の変化は予想外だったが、考えようによっては、願ってもない機会でもある。

樹木画テストの結果を見ても、きょうの姿こそが本来の彼だと思われる。もしＭＭＰＩを実施できていれば、起伏に富んだプロフィールパターンを示したはず。

いまの状態を〈精神寄生体〉の仮想的概念を用いて説明すれば「それまで犬崎理志を支配していた精神寄生体が消えるか活動を停止するかした結果、本来の自我が表に出てきた」となる。だから〈夢の国〉に対する執着も失われた。

そこにエモコンを使うことで〈夢の国〉への執着がほんとうに蘇(よみがえ)ったとしたら、どうだろう。

犬崎理志の自我がふたたび精神寄生体に乗っ取られ、その原因がエモコンにあることが強く示唆されるのではないか。

12

遠藤マヒルが勤務する〈サザンデューク〉は、グループ全体の従業員が三百八十余名、年商四百五十億円という、それなりの規模を誇る貿易会社だ。海外ブランドの時計、靴、ジュエリー、ファッション雑貨、化粧品、香水などの輸入・卸売業をメインにしているが、オリジナルブランドの企画・開発にも取り組んでおり、マヒルの所属するヘルス&ビューティ事業部も自社ブランドの香水を大々的にリリースしたばかりだった。第一弾としてフローラル系四種をラインナップし、人気上昇中のタレントをイメージキャラクターに起用するなどPRにも力を入れたが、これが見事に大コケ。第二弾以降に投入するはずだった柑橘(かんきつ)系、ウッディ系、オリエンタル系は開発中止となった。主導した企画開発部はいうに及ばず、このプロジェクトで今期の売り上げ大幅アップをもくろんでいた営業部も鉛のような空気に包まれた。とくに営業部長である宮内龍平(みやうちりゅうへい)の機嫌は最悪だ。そしてなお悪いことに、この男がマヒルの上司なのだった。

「じゃあ、なんで売れなかったんだよ!」

会議室に宮内龍平の怒声が響いても、ヘルス&ビューティ事業部の営業を担う精鋭二十一名はただうつむくばかり。もちろんマヒルもその一人だ。

「売れなかったんじゃない。おまえらが売ろうとしなかったんだろ、本気でさ！」

みなの目の前に置かれている紙の束は、プロジェクトの最終結果をまとめた資料だ。きのうの帰り際、宮内龍平から急遽命じられたマヒルが、この会議のために今朝までかかって作成したものだった。だからほとんど寝ていない。

「おまえら、死ぬ気でやったか。やれることすべてやったか。それでこの結果なら俺は受け入れる。でもそうじゃないだろ。やってないだろ。やり残したことあるだろ。なんだよ、この数字！」

宮内龍平はその資料を両手で掴むと、真ん中から二つに破り、左右に放り投げた。ばらばらになった大きな紙片が、床に舞い落ちる。

「だいたいさあ、なんであんなタレントを使ったの？」

宮内龍平は四十歳を超えているが、ジム通いを欠かさないだけあって中年太りとは無縁で、体脂肪率が十パーセントを切ったというのが最近の自慢らしい。年の割には肌もきれいだし、髪にも艶があって若々しいのに、なぜか清潔感が皆無という、珍しい男でもあった。

「若いだけで品ってものがないじゃない。あれでお客が買う気になると思ったの？」

そして、どこから湧いてくるのか実に不思議なのだが、有り余る自己肯定感が、周囲を見下す視線となって常に放出されている。マヒルは当初、これもエモコン効果かと疑ったが、どうやら彼は使っていないらしい。それでこの態度だ。世の中にはこういう類の人間も存在したのかと、マヒルは腹が立つのを通りこして呆れる思いだった。

「木元、おまえ、どう思う」

「部長のおっしゃるとおりです」

木元がうつむいたまま答えると、宮内龍平がテーブルを激しく叩いた。

「俺は、おまえがどう思うかと聞いている」

名指しされた木元は、宮内龍平よりもいくつか年上で、四年ほど前に他社から移ってきた男性だ。今回のプロジェクトでは営業部の販促チームでリーダーを務め、起用したタレントを真っ先に推したのも彼だった。当然、なんらかの責任を取らされるだろうが、マヒルは彼が会社を辞めるのではないかと思っている。プロジェクトが頓挫してからというもの、精神的に疲弊しているのが端から見ても明らかだからだ。本来は営業向きの性格ではなく、強気に振る舞えていたのはエモコンのせいだったという噂もある。

「部長のおっしゃるとおりだと、私も思います」

宮内龍平が目を剝いた。

「おまえ、ふざけてんのか」

「そのようなことは、けっして」

「自分の立場、わかってる？」

「はい。よくわかっております」

しかし、きょうの木元は、どれほど詰られても、奇妙なほど平然としている。これには宮内龍平も気勢を削がれたのか、聞こえよがしに舌打ちをしただけで、矛先を変えた。

「平井、おまえはどうだ。やり残したことがないと断言できるか」

若手の平井が答えに窮している間に、木元が静かに席を立った。

そのまま一礼し、会議室を出ていく。

宮内龍平は、怪訝な目を向けたが、咎めることなく、そのまま行かせた。やはり会社を辞めるのだな。会議室にいるだれもが、そう思っただろう。

しかし、ほどなくしてふたたびドアが開くと、木元が一礼して入ってきた。いたって穏やかな物腰は、お手洗いに行ってきただけのようにも見えたが、木元の足は自分の席ではなく、宮内龍平のほうへ向かう。その上司の右後ろで立ち止まり、姿勢を正した。

「部長」

宮内龍平は、わざと無視している。

「部長」

「ああ?」

辞表でも持ってきたと思ったのか、口元に侮蔑を滲ませて振り返る。

木元の右手が、マイクでも差し向けるように、宮内龍平の喉元に伸びた。その手が横薙ぎに舞うと、赤い飛沫が噴き上がり、音を立ててテーブルと床を濡らした。宮内龍平が口を大きく開けた。

声は出てこない。見る間に瞳から光が消え、居眠りでもするように頭をがくりと垂れた。喉元からあふれ落ちた液体が、ワイシャツを赤く染めていく。

木元が、右手に握っていたものをテーブルに放り出す。備品として職場に置いてあるカッターナイフだった。

会議室はまだ静まりかえっていた。

だれも声を上げなかった。

木元が、やれやれといった顔で自分の席にもどり、目の前の資料をぱらりとめくる。

「遠藤さん」

ページの端を血に塗(まみ)れた指でつまんだまま、にこやかな顔をマヒルに向ける。

「この資料、よくできてるね。大変だったでしょ」

資料に目をもどした木元が、鼻歌を口ずさみはじめた。

第二章　発酵

1

サザンデューク・パワハラ殺人事件は、たちまち世間の耳目(じもく)を集め、人々に格好の話題を提供した。とくに被害者である宮内龍平の非道ぶりや普段の傲岸不遜(ごうがんふそん)な態度が匿名告発者によって暴露されると、事件そのものが弱者の逆襲劇であるかのような捉(とら)え方をされ、目的を果たした殺人者に共感のあまり喝采(かっさい)を送る者さえ現れた。

その〈虐(しいた)げられし者の英雄〉木元だが、メディアにはまだ名前が出ていない。精神疾患の疑いが濃厚だからというのがその理由らしかった。

たしかに、あのときの木元の様子は尋常ではなかった。血塗(ちまみ)れで動かなくなった宮内龍平と、鼻歌まじりに資料に目を通す木元の異様なコントラストは、その場に居合わせたすべての者の思考を凍りつかせた。きのうまでの日常は崩壊したのか、それとも続いているのか、みな判断できなくなっていた。
その直後から展開されたであろう阿鼻叫喚の絵図は、遠藤マヒルの記憶に残っていない。気がついたら別室にいて、目の前の見知らぬ警察官からいろいろ質問されていた。マヒルはほとんど答えられなかった。

その日以来、マヒルは会社に行けなくなった。退職するつもりだったが、会社の慰留を受けて休職願を出すにとどめた。営業部からはマヒルのほかにも心身の不調を訴える者が続出し、退職した者も少なくないと聞いている。

目の前で、一人の人間の命が消えた。ときに馬鹿馬鹿しいほど簡単に死んでしまう。人間とは、そういう存在なのだ。頼りなく、儚く、呆気ない。今日を生きていることは、明日も生きていることを保証しない。宮内龍平も、木元を振り返ったわずか数秒後に自分が死ぬことになるとは、夢にも思わなかったはず。おそらく、なにが起こったのか理解できないまま、絶命したのではないか。

同じことが、この身に起きないと、どうしていえるだろう。危機に瀕したとき、どこからともなく現れて助けてくれるヒーローは、現実にはいない。だれかにカッターナイフで切りつけられなくても、思いがけない事故に遭ったり、病気で突然死したりすることだってある。いつ死ぬかわからない。いつ死んでもおかしくない。次の瞬間には、自分でも気づかないうちに死んでいるかもしれないのだ。心臓が止まり、呼吸が止まり、冷たく青白い骸となった自分の姿が頭から離れず、何度も悲鳴を上げそうになった。涙があふれて止まらなくなった。食べ物が喉を通らず、夜も眠れなくなった。限界を感じたマヒルは、会社から紹介されていたメンタルクリニックを受診した。

希望すれば専門家のカウンセリングも受けられることになっていた。どちらも費用は会社持ちだ。今回の事件でサザンデュークの企業イメージは暴落した。ほかの事業部への影響も計り知れなかった。マヒルたち従業員のメンタルケアにことさら力を入れたのには、少しでも企業イメージを回復させる狙いもあっただろう。

最初に処方してもらった向精神薬は、希死念慮が生じてすぐに服薬を中止した。次の薬はあまり効果を感じられなかった。漢方薬も試したが同様だった。

「エモーション・コントローラーを試してみませんか」

クリニックの医師からそう提案されたのは、事件から三週間ほど経ったころだ。マヒルの精神は未だ回復の兆しすら見せていなかった。

「エモコン……ですか」

「抵抗があるというお話でしたが、薬よりも身体への負担が少ないですし、即効性も期待できます。いちどお試しになってはいかがでしょう」

疲れ果てたマヒルは、小さくうなずいた。

2

コンビニは平常どおりに営業している。これから仕事へ向かうと思しきスーツ姿の男女が、サンドイッチを買ったりコーヒーを飲んだりする様子を、神谷葉柄は立ち止まった歩道から眺めていた。制服姿の高校生がレジに置いたパンは昼食用だろうか。路面に散らばっていた破片はきれいに片づけられ、アーチ型の車止めも新しいものに取り替えてある。

暴走車によって十四歳の少年四人が重軽傷を負った事件は、メディアでも大きく扱われた。運転していたのは六十代の男だったが、これが単なるアクセルとブレーキの踏み間違いではなく、少年たちを狙った意図的なものらしいと報じられると、一部のSNSではちょっとした騒ぎになった。その中で、男が動機として「あいつらは夢の国に相応しくないから殺そうと思った」と意味不明なことを口にしている、という情報が流れた。公式にそんな発表はなかったのでデマかもしれない。だが神谷葉柄は〈夢の国〉という言葉を目にした瞬間、足下に虚空が開いたような恐怖を覚えた。なぜここでまた〈夢の国〉が登場するのだろう。なぜ自分はぞっとしたのだろう。納得できる理由を探そうとしても、それを邪魔するように無関係な思考が次から次へと湧いてきて、深く考えることができなかった。その不自然さにも気づかなかった。

それからまもなく発生したサザンデューク・パワハラ殺人事件が世の関心を掻っ攫っていった

ため、こちらの事件は忘れ去られ、いまでは話題にする者もない。

神谷葉柄は、繁盛するコンビニから目を逸らし、地下鉄駅へと歩を急がせる。

爽やかな一日の始まり。そのはずだった。もちろん今朝もエモコンを使った。仕事への意欲は十分だ。なのに、胸の奥に巣くう黒い靄のようなものが、いつまでも消えない。エモコンの調子が悪いのだろうか。出力を最大にしても、以前のように心から晴れやかな気分にはなれなかった。

もしかしたら〈氷の君〉が姿を消したせいかもしれない。いつもの電車で見かけなくなったのは一カ月ほど前からだ。最初はたまたま見つけられなかっただけだろうと思っていたが、その日からどんなに探してもあの瞳に出会えなかった。別の車両を使うようになったのか。仕事を変えたのか。ほかの土地へ移ってしまったのか。彼女の姿を目にすることは、朝の楽しみどころか唯一の生き甲斐でさえあったことに、いまさらながら気づかされた。

なぜ彼女にこんなに惹かれるのか。あらためて考えても、よくわからない。ただ、思い当たることならば、ある。子供のころに苗字がカッコいいといってくれた、あの綺麗な女の人だ。おぼろげにしか覚えていないが、どことなく〈氷の君〉と雰囲気が似ていたような気はする。その人は、たとえ軽い冗談のつもりであったとしても、自分を認めてくれた初めての異性だ。いつしか〈氷の君〉に、その人の姿を重ねていたのかもしれない。

ほんとうに、もう二度と会えないのだろうか。こんなことなら思い切って声をかければよかった。

きょうも未練と後悔を引きずりながらホームへ下り、やってきた電車に乗る。乗客の流れに身を任せていると、だいたい定位置に落ち着く。そして、無駄だとわかっていても、〈氷の君〉がいつも吊革（つりかわ）に摑（つか）まっていた場所へ目が行ってしまう。身に染み込んだ悲しき習慣だ。

え、と目を強く瞑（つぶ）った。

開けた。

幻ではない。

見間違いでもない。

そこにいた。

あの人が。〈氷の君〉が。

しかし次の瞬間、沸き上がりかけた歓喜が、差し水でもされたように退（ひ）いていった。

なんだろう、この違和感は。

少し痩（や）せた。いや、それだけではない。目だ。以前のような、強い光を宿した目ではない。不用意に近づくとレーザービームで焼かれそうだった瞳はどこにもない。穏やかで、静かで、どこまでも澄んでいる。

視線を感じたのか、その人が瞬（まばた）きをして、ゆっくりと顔を向ける。

精神鑑定書は、提出しただけでは裁判の証拠にならない。法廷での取り調べを経て、初めて証拠として採用される。そして法廷で取り調べを受けるには、鑑定書を証拠とするよう請求し、相手方、この場合は弁護人の同意を得なければならない。たいていは拒否されるので、鑑定書を取り調べることはできず、代わりに鑑定人が出廷して鑑定内容を証言する、というのがお決まりの流れだ。

ただし裁判員裁判に限っては、たとえ相手方が証拠調べに同意しても、裁判員にしっかり理解してもらうという観点から、あえて鑑定人に証言を求めることになっている。裁判員はあくまで素人なので、尋問はわかりやすく、的確かつ簡潔にしなければならない。そのための準備として、裁判官、検察官、弁護人、鑑定人が一堂に会し、尋問事項、プレゼンの方法、尋問の順番や時間などを取り決める場が、裁判所主催のカンファレンスだ。

「では、始めましょうか」

葛西幸太郎の正面に座る広沢(ひろさわ)裁判官が、穏やかな声で開催を告げた。犬崎理志の裁判では、彼が裁判長を務めることになっている。

こぢんまりとした談話室、といった趣の部屋だった。中央のラウンドテーブルを囲むのは、いかにも座り心地の良さそうな八脚のソファチェア。そこに、おなじみの眞鍋検察官と、犬崎理志の弁護人・玉城大智が、向かい合って着席している。葛西から見て左側が眞鍋、右側が玉城だ。

「葛西先生も、えらい鑑定書を出してくれましたね」

眞鍋検察官がこぼせば、玉城弁護人も苦笑いを浮かべ、

「二人とも頭を抱えましたよ、公判前整理手続のときに」

公判前整理手続とは、裁判員裁判事件ではカンファレンスに先んじて必ず行われるもので、ここで証拠調べ請求をしなかった証拠については立証制限がかかり、後になって証拠調べを請求しようとしてもできなくなる。法廷で不意打ち的に新たな証拠が登場して審理が混乱し、裁判員によけいな負担が掛かるのを防ぐためだ。だから検察官と弁護人は、この公判前整理手続ですべての手の内を明かし、争点と証拠の整理をしなければならない。そこでなにが争点になったのか葛西は知らされていないが、二人が頭を抱えた理由は想像がつく。

「それでは葛西鑑定人」

と広沢裁判官が葛西に顔を向ける。

「まず鑑定結果の概要を説明してください」

カンファレンスに決まったやり方はないが、一般的には、検察官と弁護人が鑑定書を読んで疑問に思った点を鑑定人に質問する。その際、裁判官は席を外すことが多いが、きょうは同席することになっていた。ただし、鑑定書はまだ証拠として採用されていないので、広沢裁判官も読ん

でいない。原則として裁判官は、採用された証拠以外の文書や証言を法定外で見聞きすることを避けなければならないが、今回のように例外的にではあるが、事前の争点整理のために鑑定内容の説明を受けることはあった。

「結論から申し上げますと」

　葛西は答えていった。

「犯行当時の犬崎理志は、心神耗弱の状態にあったと考えられます」

　面接時の犬崎理志には、理性が十分保たれている一方で、思考論理に極端な偏りが認められた。かといって宗教的・思想的な影響も考えにくかったため、なんらかの精神疾患の存在が強く疑われたが、統合失調症など既知の精神障害では説明できない部分も多く、鑑別は困難を極めた。

「それは心理検査においても、理解に苦しむ結果となって表れました」

　葛西は、ＭＭＰＩと樹木画テストの結果を紹介し、それがいかに異様なものかを説明した。ただし〈精神寄生体〉の仮想的概念には触れなかった。あれはあくまで思考上の道具に過ぎないからだ。

「つまり」

　と広沢裁判官が確認する。

「正常な状態でないことは間違いないが、それが何に因るものかは不明だった、ということですか」

「その時点では、そうでした」

「なるほど」

「続けてよろしいでしょうか」

「お願いします」

葛西は、玉城大智から提供された情報の内容に言及した。すなわち、犬崎理志の事件と同様の、動機が了解不能である傷害もしくは殺人事件が、近年になって増加していること。犬崎理志も含めたその被疑者の大半が、エモーション・コントローラーの常用者であったこと。

「エモーション・コントローラー?」

「一般にはエモコンと呼ばれている、精神状態を改善する家庭用医療機器です」

「それは知っていますが」

広沢裁判官の顔に当惑が広がる。無理もない。精神鑑定を巡る議論に、いきなり家電製品が登場したのだ。

「しかも、動機が了解不能な事件の発生件数は、家庭用エモコンの出荷台数と相関関係にあります。これも玉城弁護人から提供された情報ですが、眞鍋検察官にも事実であることを確認してもらっています」

眞鍋検察官が、広沢裁判官に目を向けてうなずく。

「また、被疑者たちが供述した動機には〈夢の国〉という言葉が頻出するという共通点があり、これも彼らの間に共通する因子が存在することを裏付けるものと考えられます」

「ということは、今回の事件だけでなく、過去における動機が了解不能な事件にもエモコンが原因であったものが多いと？」

「いえ、これだけでは、そこまで断言できません。いずれも状況証拠でしかありませんから」

さらに葛西は、鑑定留置中に起きた、犬崎理志の変化について話す。

「一貫して冷静だった態度が消え、自らの行為に極度の混乱を来していました。しかし、それこそが彼本来の姿であったように思われます。玉城弁護人によると、この変化が起きたのは、エモコンの使用を中断して五十三日目のことだったそうです。また、過去に発生した同種の事件においても、エモコンの使用中断後三日から六十日と幅はありますが、同じ変化が被疑者に起きた例を確認できました。そして、ここからが重要なのですが」

と一息おく。

「精神的に不安定になった本人の強い希望により、エモコンによる治療を施したところ、その翌日にふたたび、以前のような冷静な態度と思考論理の偏りが表出しました。そこでエモコンの使用をただちに中止した結果、今度は十二日後にそれらの〈症状〉が消失しています」

これは玉城大智から得た情報で、葛西も面接時に確認している。

「以上のことから、犬崎理志はエモーション・コントローラーの副次的作用によって精神に異常を来し、その影響下で犯行に及んだ可能性が高いと思われます。一見すると彼自身の理性が保たれているようですが、本来の自我によって犯行を抑止することは極めて困難であったと推測されます。ただし、犯行の起点となった理由が、被害者の選挙カーがうるさかった、という自身の抱いた不快感にあることから、責任能力がまったくない〈心神喪失〉とまではいえず、〈心身耗弱〉が妥当であるとの結論に至りました。以上です」

広沢裁判官が難しい顔で黙り込んだ。

うつむいたまま、ゆっくりと息を吸って、

「これを裁判員に理解してもらわなければならないのですね」

カンファレンスの目的は、審理を可能なかぎり裁判員にわかりやすくすることだ。あまりに突飛な論理では、裁判員を置いてけぼりにしてしまう。それでは公正な裁判は望めない。眞鍋検察官と玉城大智が頭を抱えた理由もここにある。

広沢裁判官が、ううん、と唸(うな)り、

「裁判員の中にもエモコンのユーザーがいるかもしれません。自分が愛用しているエモコンが事件を誘発したとなれば、公平な判断は難しくなる。選任手続の際、裁判員から外れてもらわねばなりませんね。それに、たとえユーザーでなくても、家電に責任転嫁するのか、といった感情的な反発も予想されます」

「ちなみに」

と玉城大智が口を開く。

「エモコンのメーカー各社にも調査結果を送って見解を質しましたが、いずれのメーカーからも返答はまだありません」

「しかし、現実に事件が増え続けている以上、一刻も早くユーザーに警告する必要があります」

犬崎理志の事件以降も、被疑者が了解不能な動機、つまり〈夢の国〉云々と供述する事件が頻発している。大きく報道されたものに限っても、コンビニの駐車場で暴走車が少年四人に重軽傷を負わせる事件があったし、貿易会社の会議室で起きた事件では死者も出ていた。一部では〈夢の国〉という供述内容に触れた情報も流れている。

「この裁判の行方次第じゃないですか。国やメーカーが動くかどうかは」

いいながら玉城大智が正面にちらと目をやると、それを受けた眞鍋検察官が、

「どうですかね」

と首を捻ってみせる。

「では」

広沢裁判官が顔を上げ、左右の両者を交互に見た。

「まずは尋問事項を整理していきましょうか」

4

サザンデュークの稼ぎ頭（がしら）は、時計事業部とファッション&ライフスタイル事業部で、それぞれ海外ブランドだけでなくオリジナルブランドも展開し、大きな成功を収めていた。それに比べれば、遠藤マヒルの所属するヘルス&ビューティー事業部の売り上げは見劣りしたが、幅広い年齢層への浸透という点では負けていない。香水の新ブランドは失敗に終わったものの、若年層向けの化粧品ではオリジナルブランド〈クアトロ〉がすでに定着している。

営業部にとって最大のイベントは、年二回、本社ショールームで開催される展示会だ。ここに、百貨店やセレクトショップ、ショッピングモール、ドラッグストア、量販店などのセントラルバイヤーを招き、その場で商談を進める。商談が成立して、それで終わりではない。消費者との最終的な接点は店頭の売場である。多くの競合品の中から自社の商品を選んでもらうには、競合品よりも魅力のある売場にしなければならない。だから売場まわりの演出も積極的に提案し、ディスプレイや什器（じゅうき）の製作を行ってきた。

事件の影響で一時的に売り上げが減っても、売場さえ残れば復活の目はある。だが、売場が縮小されたり、商品そのものが店頭から撤去されてしまえばお終（しま）いだ。いったんブランドに退潮のイメージが付けば、消費者は二度と振り向かない。とくに〈クアトロ〉はヘルス&ビューティー事業部の要(かなめ)であり、失うわけにはいかない。この絶体絶命の危機を前にして、部内の結束は事件前よりも固くなった。退職した四名を除き、マヒルのように一時休職していた者もみな現場に復帰した。企画開発部や他事業部からも応援要員が駆けつけてくれた。マヒルたちは、売場の維持と確保を最優先課題として、取引先との連絡を密にし、商品が陳列されている店舗に足を運んでは売場のサポートに立ち、店舗スタッフとの良好な関係構築に努めた。その甲斐あってか、いまのところ〈クアトロ〉だけは、辛うじて売り上げを維持できている。

　連日の激務でくたくたになりながらも、自分はやはりこの仕事が好きなのだな、とマヒルは思った。新しいブランドを立ち上げるとは、新しい物語を創(つく)ること。新しいブランドを育てるとは、その物語を世界に広めること。これは宮内龍平の言葉だ。〈クアトロ〉の成功も彼の手腕によるところが大きいといわれている。傲慢で嫌な男ではあったが、仕事への情熱だけは本物だった、といまなら思える。事件の日からもうすぐ二カ月。ようやくにせよ、彼の非業(ひごう)の死に対して哀悼の思いを持つ余裕ができた、ということなのだろう。逮捕された木元に関しては、精神鑑定を受けているとの報道を目にしたが、それ以上のことは知らされていない。

　殺人の瞬間を目の当たりにしたショックで休職していたマヒルは、メンタルクリニックでエモーション・コントローラーを体験し、その威力を思い知った。施術直後から目に映る世界がまるで違った。生まれ変わったように晴れやかな気分になり、鬱(ふさ)ぎ込んでいたことが遠い昔の出来事のようだった。これほどとは思わなかった。医師の勧めで、週に二回通院して、エモコンによる治療を続けた。復職を果たしてからは通院の時間がとれないので家庭用を購入し、毎朝使った。

そのうち、効果が切れるはずの夜になっても、気分がそれほど落ちなくなった。もう大丈夫だと思い、エモコンの使用を止めた。機械で自分の感情を操作することへの抵抗は、最後まで消えなかった。使わずに済むのなら、それに越したことはない。使用を中断して三日目だが、いまのところ普通に過ごせている。

5

神谷葉柄は、きょうも通勤電車の定位置に立ち、そっと彼女の様子を窺う。目を伏せ気味にした〈氷の君〉は、相変わらずの無表情で吊革に摑まっている。久しぶりに姿を見せたあの朝以来、こちらを見てくれることは滅多にない。たまに振り向くことがあっても、その視線はなんの感情も込められないまま、神谷葉柄の前を素通りしていく。彼の存在など、視界に入っていないかのように。

神谷葉柄はすでに確信していた。あの女は〈氷の君〉じゃない、偽者だと。では本物の〈氷の君〉はどこへ行ったのか。いまごろ、どこで、どうしているのか。それが仕事中も頭から離れず、普段なら絶対に犯さないであろうミスを繰り返しては、職場の同僚から不審がられた。昨日はとうとう上司からも、医者に診てもらったほうがいい、と忠告された。なぜそんな必要があるのか。

病院になど行っている暇はない。本物の〈氷の君〉を探さなければならないのだから。

偽者がふと瞬きをして、左肩から下げているバッグに視線を向けた。スマホを取り出し、画面に目を落とす。だれかからメッセージでも受け取ったのか、ほんの幽(かす)かではあったが、目元に暗い影が差した。

6

「これが千円以下で買えるのはヤバいな」

葛西幸太郎は、ワイングラスを目の高さまで持ち上げ、濃い赤紫色の液体を揺らした。

「ほんと、安いからって侮れないね。店員さんのいうとおりだった」

古都音(ことね)も機嫌良さそうにグラスを傾け、サーモンカナッペを口に放(ほう)り込んで目を細める。

「うん、これもおいしし」

二人が向かい合って座る食卓には、サーモンカナッペのほかにカマンベールチーズ、全粒粉クラッカー、生ハムのサラダが並んでいる。これと赤ワインがきょうの夕食だ。ちなみに冷蔵庫にはデザートのスイーツもある。

葛西には大学生の娘が一人いるが、進学と同時に家を離れたので、いまは妻の古都音と二人で暮らしている。十年前に購入したこのマンションは、九十平米近くある4ＬＤＫだが、そこは首都圏から遠く離れた地方都市、当時の売り出し価格は三千万にも届かなかった。

古都音も仕事を持っており、平日は互いに忙しい。せめて週末くらいはゆっくり夫婦の時間を楽しもうということで始めたのが、この〈ワインを楽しむ二人会〉だ。

といっても、大げさなものではない。

毎週土曜日、午後から近くのショッピングモールに出かけ、まずリカーショップでワインを一本選ぶ。二人ともそこまでワインに造詣(ぞうけい)が深いわけではないので、選(え)り好みはしない。ラベルが気に入ったり、店のおすすめだったり、そのときの気分で適当に手に取る。価格も千円から三千円のものが多い。高くても五千円くらいだ。それから食品売場に移動し、選んだワインに合いそうなつまみの材料を買う。これも適当に。帰宅してから二人でキッチンに立ち、簡単なつまみを作る。そうして一週間の出来事をたっぷり語らいながら、買ってきたワインを空けるのだ。

葛西にとっては、いちばん幸福を実感する時間でもあった。葛西が仕事に打ち込むのは、この時間を守るためだといってもいい。

「というわけで、今週もわたしは頑張りました」

一週間分の愚痴を吐き出してすっきりした様子の古都音が、グラスに残ったワインを一気に飲み干す。

「うん、古都音は頑張った。お疲れさま」

葛西は、空になったグラスに赤ワインを注(つ)いでやる。

それを笑顔で受けながら、

「幸太郎が法廷で裁判員にプレゼンするの、来週だったよね」

「これだけは何回やっても緊張するよ」

「打ち合わせはできてるんでしょ」

「どうかなあ。こういうのは蓋を開けるまでわからないから」

弁護人の玉城大智が心神耗弱で満足せず、あくまで心神喪失を主張するつもりなら、葛西の鑑定を容赦なく弾劾してくるだろう。カンファレンスのときの様子からは、まず大丈夫だと思うが。

「やっぱり、裁判員の人たちに説明するのは大変？」

古都音が注がれたワインを一口飲む。頰がほんのりと赤い。

「まあね。正確に伝えようとすれば複雑になってわかりにくいし、わかりやすく簡単にしたら正確に伝わらず誤解を招く」

「絵に描いたようなジレンマだ」

「バランスをとりながら、なんとかするしかないんだけど。とくに今回は、ただでさえ理解されにくい内容だから」

古都音がグラスを揺らしながら虚空へ目をやる。

「〈夢の国〉症候群、だっけ」

玉城大智から聞いたエモコン原因説は古都音にも話していた。話すことで自分の頭の中を整理できるし、仕事柄か彼女はなかなか鋭い意見や質問を返してきて、理解を深めるのを助けてくれる。

「それって、発症する人としない人がいるんだよね。なにが違うの」

「まだわかってない。両者に違いがあるのかどうかも」

「幸太郎の、現時点での考えは？」

古都音がにやりとする。

「あるんでしょ」

そうだな、と葛西はワインを一舐めして、

「エモーション・コントローラーの本来の機能は、心の中の負の感情を和らげる、もしくは消すことにある。最近の機種は〈やる気モード〉とかいろいろできるけど、それだってまずは負の感情を処理した上で、前向きな感情を生み出す仕組みになってる。これはメーカーの公式サイトにも明記してあった。そして、ここからがおれの仮説だが」

古都音は、グラスを手にしたまま、愉快そうに耳を傾けている。

「エモコンは負の感情を心の中から消し去るのではなく、アクセスできない状態に移行させるだけじゃないのか。つまり負の感情は、解消されることなく、そのまま心の奥深いところに保存されてる」

「隔離用のストレージを作ってそこに放り込む感じ？」

まさに、とうなずいて、

「効果の切れてる間にうまく発散できればいいけど、それが間に合わない場合、負の感情は溜まる一方になる。でもストレージの容量にも限界はあるはずだ。それを超えてエモコンを使い続けると、内部の圧力に耐えられなくなったストレージが破裂して、精神そのものが崩壊する。それを避けるためには、内部に溜まった負の感情を可及的速やかに減らさなければならない。……付いてきてる？」

「余裕」

葛西は笑みを漏らして続ける。

「負の感情を表出するとき、邪魔になるのは罪悪感だ。負の感情が罪悪感と衝突すると、怒りとか悲しみとかやり切れなさとか、そういった情動となってエネルギーを放出する。それが本来のあり方でもあるけど、エネルギーを発散する手段としては効率が悪い。心の崩壊を避けるための緊急放出の際は、もっとストレートにエネルギーを逃がす必要がある。そのために、罪悪感というブレーキ装置が強制的にシャットダウンされた。これで溜まりに溜まった負の感情は、余計な情動に寄り道せず、具体的な行動という形で速やかに放出される。その状態が〈夢の国〉症候群だ。とすれば――」

「やっぱり使用期間が長い人ほど発症しやすいんだ。そのぶん溜まった感情も大きくなるから」

「ところが、それではデータと矛盾するんだよね」

古都音が憮然とする。

「なんで」

「動機が了解不能な事件の発生件数は、家庭用エモコンの出荷台数とほぼシンクロしてるけど、タイムラグがほとんどないんだよ。使用期間が影響するなら、事件の発生件数は少し遅れて増加しなければおかしい。でもそうなってない。ということは、仮にエモコンが原因になっているとしても、使用期間の影響は大きくない。個人差もあるだろうけど、エモコンで抑え込んだ感情が十分に強ければ、短期間の使用で発症することもあり得る」

「じゃあ、あれはどうなるの?」

「あれって?」

古都音がグラスを脇に置き、食卓に両肘を乗せる。

「前にいってた〈精神寄生体〉の話」

「ああ、あれは便宜的に持ち出した仮想的概念で、ほんとにそんなものが存在するわけじゃないよ」

「それだと〈夢の国〉の説明が付かないんじゃない?」

「どういう意味」

「単なるエネルギーの放出なら、複数の人から〈夢の国〉という同じフレーズが頻出するのは不自然だよ」

「ほかにも〈アルカディア〉とかの言葉も使われてるらしいけど」

「概念的には似たようなものでしょ」

「まあ、たしかに」

「なにか一元的な要因になるような存在を想定しないと、うまく説明できない気がするんだよねえ」

「そうなんだけど、精神に寄生したり取り憑いたりするものが実在するとは、さすがに思えないよ。精神鑑定に呪いや妖怪を持ち出すわけにもいかないし」

「べつに妖怪じゃなくてもいいでしょ。文化や思想だって、立派な精神寄生体だよ。時代が変わればものの考え方も変わる。宗教が変われば死生観も変わる。人間の行動はその時々の価値観に従うようにできてる。言葉によって脳にインストールされた思考が人を操り、ときには自殺的な行為にも駆り立てる。まあ、こういうのも、広い意味での〈呪い〉ではあるけど」

「ただ、文化にしろ思想にしろ、言葉によって伝染するものだよね。今回は媒介者となる言葉がどこにもない」

「言葉が必要ないとしたら?」

「必要ない?」

「本来なら言葉を介して脳に取り込まれるところを、エモコンから脳に直接送り込まれてると考えても不都合はないはず。だって、エモコンは脳に直接作用する機械なんでしょ。いまや脳に電気信号を送って画像をイメージさせることができる時代なんだから、言葉を送り込むなんて簡単じゃない？」

「見聞きした覚えのない思想に、いつの間にか入り込まれてるってこと？」

「これだと理性や良識という関門を迂回されるから、防ぎようがないね。設計上の欠陥なのか、意図的なものかはわからないけど」

「意図的って、だれかがエモコンのプログラムに細工したとか？」

「陰謀論みたいになっちゃうけど、事件を起こした人が使ってたエモコンの機種って、特定のメーカーに偏ったりはしてないの？」

「いや、これといった傾向はなかったはず」

エモコンの基本原理は共通だが、施術方式や照射プログラムなどはメーカーごとに異なり、それぞれ独自に開発したものを採用している。

「だったら、手の込んだテロでも陰謀でもなくて、エモコンの仕組みそのものに欠陥があったってことかな」

「そうなる、か」

「そうなるよ」

思いがけずたどり着いてしまった結論に、葛西は言葉を失った。

「ま、あくまで仮説だけどね」

しかし否定する根拠もない。

「ねえ、ここのマンション、何世帯あったっけ」

いきなり話が飛び、葛西は戸惑いながら、

「たしか、八十四、だったと思う」

古都音が、ふうん、といいながら天井を見上げる。

「やっぱりいるんだろうね、エモコンを使ってる人」

7

「連載デビュー決まったああああああ！」

「おめでとう！！！！」

「ありがとう！」

「お祝いしなくちゃね」

スマホに残っている自分の言葉に、胸を掻きむしりたくなる。

遠藤マヒルは、眩(まぶ)しく光るスマホをサイドチェストに置くと、布団をはねのけてベッドから出た。シンクの前に立ち、浄水器からカップに水を注ぎ、一息に飲む。

自分には自分の、楓には楓の人生がある。それぞれ歩んできた時間の積み重ねがある。そして楓は友達だ。その友達が、ついに夢を叶(かな)えたのだ。素直に祝福してあげればいい。いっしょに喜んであげればいい。なのに、なぜそれができないのだろう。なぜ、表面を繕っただけの言葉ではなく、心からのおめでとうをいえないのだろう。

わかっている。自分がそういう人間だからだ。高校時代からの親友をそれらしく演じてはいるが、心の中では妬(ねた)ましさに狂いそうになっている、醜い人間だからだ。

彼女のように夢を持ちたかった。たった一度の人生だ。夢にすべてを懸ける生き方をしてみたかった。でも、わたしはしなかった。最初の一歩を踏み出す勇気さえ持てなかった。なにもしないまま、ただ目の前の出来事に追われるだけの日々に流されてきた。気が付いたときには、自分がほんとうはなにをしたいのか、わからなくなっていた。自分が周りからどう見られているかばかりを気にしていた。自ら窮屈な場所へと我が身を押し込みながら、どうしてこんな窮屈な思いをしなければならないのかと嘆いていた。

でもね、楓。わたしはそんな生き方も悪くないと思いはじめてたんだよ。思い通りにならないものに翻弄(ほんろう)されながら、それでも一日一日を生きていく。ときに諦(あきら)めながら、ときに歯を食いしばって。それでいいじゃないかと、人生ってそういうもんじゃないかと、自分を許せるようになっていたんだよ。何者にもなれない、その他大勢に過ぎない自分を、受け入れられそうだったんだ。それなのに、なぜあんたは、そんなささやかな覚悟をあざ笑うように、自分の輝く姿を見せつけるんだ。どうして、あんたは、いちいち——。

マヒルは頭を激しく振って、延々と続く呪詛を強引に断ち切った。部屋の明かりを灯した。間接照明の光に浮かび上がった1Kのマンションは、広くはないが、それなりに居心地のよい空間にしてある。床に敷いたギャベ絨毯のラグは、初めて得た給料で買ったものだ。天板に木目をあしらったワークデスクも、けっして高級品ではないが、使いやすくて気に入っている。マヒルは立ったまま、そのワークデスクの棚に腕を伸ばし、板型のケースを手にした。中からタブレットを取り出し、起動ボタンを押す。もう使わないつもりでいたが、きょうだけは無理だった。これ以上は耐えられない。自分の中で膨れ上がる嫉妬の重さに。この期に及んでなお楓の成功を喜べない己の醜悪さに。

しかしケースからイヤホン型のデバイスを外して両耳に挿したとき、タブレットの挙動がおかしいことに気づいた。

起動画面から先に進んでいない。

とうにモード設定画面になっていなければおかしいのに。

バッテリーの電力量が残り少ないのかとACアダプタでコンセントに繋いだが変わらない。ならばと再起動させても、やはり起動画面でストップした。もう一度繰り返しても同じだった。

壊れた?

こんなときに限って?

その場に座り込み、スマホで対処法を検索した。再起動でも駄目となると、初期化してユーザー登録からやり直すしかなさそうだった。泣きたくなるのを我慢しながら、一つ一つ手順どおりに作業を進めた。最後に最新版のプログラムにアップデートしてようやく使用可能になると、〈リラックスモード〉に設定し、出力を最大まで上げてスタートボタンをタップした。

たちまち頭の中に、ぴりぴりと痺れるような感覚が広がった。嫉妬という汚泥にまみれていた気持ちが、少しずつ洗われていく。どこまでも晴れわたる空のように、透き通っていく。

マヒルは吐息を漏らして目をつむり、その安楽の境地に自分のすべてを委ねた。

8

「神谷くん、すぐ電話してください。みんな心配してます」

スマホに表示された文字を一瞥しただけで目を上げる。視線の先には〈氷の君〉。もちろん偽者だ。

神谷葉柄はいつもの定位置で吊革を握っている。服装もいつものスーツ、通勤に使うバッグも持っている。だが、職場の最寄り駅はすでに通り過ぎていた。

車内にアナウンスが流れ、速度が落ちる。完全に停止してドアが開くと、乗客が一斉に出ていく。その中には、あの偽者もいる。当然、神谷葉柄もここで降りる。

走り出す電車を横目に、偽者は人の流れに乗ってホームを進んでいく。エスカレーターではなく、階段を上りはじめる。葉柄も、距離を置いて、後をつける。

偽者は〈夢の国〉に必要ない。

9

法廷に立つ日は服装にも気を遣う。だらしない身なりで第一印象を損なっては、裁判員の評決にも影響しかねない。だから葛西幸太郎はこの日も、オーダーメイドで仕立てた唯一のスーツを着て臨んでいた。久しぶりに夫の勝負服姿を目にした古都音は、まじまじと見つめた後、にこりと笑っていった。

「うん、かっこいいよ」

鑑定人として裁判所に出廷するときは、事前に召喚状を発するかどうか問い合わせがくるが、葛西は断った。クリニックを個人経営している葛西には、仕事を休むために勤務先に召喚状を提出する必要がないからだ。

通告された時間に裁判所に到着すると、まず書記官室に出頭した。そこから書記官の案内で待合室に移動し、旅費日当の請求書と宣誓書にサインをする。それが終わったら、裁判が行われる法廷に行き、USBメモリで持ってきたプレゼン資料のデータを法廷のパソコンに移す。裁判員や裁判官の手元にはモニター画面があり、葛西の作成した資料もそこに映し出される。また法廷には傍聴人用の大型モニター画面も設置してある。データが正しくパソコンに認識され、それらの画面に無事映し出されることを確認して、ようやく準備完了だ。まだ時間があったので、葛西は待合室にもどり、いまは一人静かに瞑想(めいそう)しているところだった。

葛西のプレゼンは三十分間の予定で、眞鍋検察官にもそう伝えてある。それ以上長くなると裁判員の集中力が持たない。資料はパワーポイントで作成し、これも眞鍋検察官に前もって提出済みだ。提出後には、資料に目を通した眞鍋検察官とあらためて面談し、証人テストを受けた。この証人テストというのは、尋問を裁判員にわかりやすくするために行われるもので、検察官は想定される質問とその回答について鑑定人に確認した上で、質問の内容や順番を決める。ちなみにプレゼン資料は、弁護人の玉城大智にも眞鍋検察官から交付されているはずだ。

プレゼンでは資料を一枚一枚スライド方式で示しながら読み上げるが、このときも早口にならないよう気をつけ、また難解な専門用語はできるだけ使わず、使う場合も平易な言葉で説明しなければならない。

葛西のプレゼンに続いて、眞鍋検察官の主尋問が十分ほどある。これは、プレゼンの中でわかりにくかった箇所を補足したり、重要な点を確認したりするために行われるもので、質問事項も事前の証人テストの際に教えられているので不安はない。

問題は弁護人による反対尋問だ。こちらはたいてい四十分くらいかかる。カンファレンスでの感触は悪くなかったとはいえ、実際に玉城大智がどのような弁護方針を取ってくるのかわからない。彼ならば大丈夫だと思うが、中には過度に攻撃的な尋問をしてくる弁護人もいるので、油断はならなかった。

反対尋問のあと、場合によっては眞鍋検察官による再主尋問があり、最後に、裁判員、裁判官、裁判長の順で各自の疑問点などを質問して、尋問は終了となる。

今回のような裁判員裁判で鑑定人が証言する場合、証拠となるのは鑑定人の証言だけだ。これから始まる鑑定人尋問において、葛西が口にした内容がそのまま裁判の証拠として残り、判決の根拠となる。このプレッシャーは、実際に法廷の証言台に立った者でなければわからないだろう。その上きょうは、さらにプレッシャーを感じる理由がある。

「やはりエモコンまで踏み込みますか」

事前の証人テストのとき、眞鍋検察官が葛西の覚悟を問うようにいった。

「たいへんな騒ぎになりますよ」

なぜなら、動機が了解不能な事件が増加する中、その原因がエモーション・コントローラーにあることが初めて公の場で語られることになるからだ。メーカーが、行政が、一般の人々がどう反応するのか、葛西にもわからない。しかし、犯行時の犬崎理志の精神状態を説明するのに、エモコンを避けて通るわけにはいかなかった。それに、いま指摘しなければ、これからも事件が増え続けてしまう。死者も出るかもしれない。ここで警告を発することで、それが少しでも防げるのなら、やる意味はある。

「葛西鑑定人、そろそろお願いします」

目を開けた。


傍聴席は三列、三十席くらいあった。傍聴人はかなり多い。事件関係者、マスコミのほか、一般の傍聴人もいる。葛西は、鑑定人のために用意された傍聴席に座った。

目の前の低い木の柵の向こうが、これから審理が繰り広げられる空間だ。正面奥の一段高い場所が法壇で、裁判官と裁判員の席が九席ある。その手前が書記官席、さらに手前、法廷の中央に位置するのが証言台だ。その証言台を間にして対峙するように、左側に検察官席、右側に弁護人席があり、すでに眞鍋検察官と玉城弁護人がそれぞれの席に座っていた。葛西は二人と目礼を交わした。

正面の扉が開き、広沢裁判長が姿を見せた。

「起立」

という声が響き、傍聴席も含め法廷にいた全員が立ち上がる。

広沢裁判長が法壇の中央に座ると、みなも腰を下ろした。

弁護人席の近くにあるドアが開き、犬崎理志が刑務官に連れられて入ってきた。最後に会ったときより少しやつれた様子だが、顔色は悪くない。〈夢の国〉症候群は消えているはずなので、本来の彼にもどっているのだろう。葛西へ視線を寄越し、小さく頭を下げる。刑務官に促されて弁護人の隣に座ると、手錠が外された。

ふたたび正面の扉が開き、裁判官二名と裁判員六名が入廷する。裁判長と裁判官二名を中央に挟み、裁判員が三名ずつ左右に分かれて着席した。

「揃ってますね?」

広沢裁判長の声に、眞鍋検察官と玉城弁護人が黙礼を返す。

最後に葛西と目を合わせた広沢裁判長がうなずいて、

「はい、それでは開廷します。きょうは、犬崎理志被告の精神鑑定結果についての鑑定人尋問ですね。鑑定人、証言台に移動してください」

葛西は腰を上げ、いわれたとおり、法廷中央の証言台まで進む。

「宣誓書を読み上げてください」

待合室でサインした宣誓書を広げ、立ったまま読み上げる。

「良心に従って、真実を述べ、何事も隠さず、偽りを述べないことを誓います。葛西幸太郎」

しんと静まりかえった法廷に、葛西の声が響きわたった。

「鑑定人の略歴を紹介してください」

「医学部を卒業した後、総合病院で精神科医として勤務し、三十歳のときから精神鑑定に携わってきましたので、精神鑑定歴は十四年になります。六年前に独立してメンタルクリニックを開業し、現在に至ります。以上です」

「では葛西鑑定人。鑑定の経過と結果について説明してください」

葛西は背筋を伸ばし、法壇に居並ぶ裁判員たち一人一人と目を合わせる。老若男女、バランスのとれた構成だ。不公平な裁判にならないよう、広沢裁判長が慎重に選任しただけのことはある。むろんエモコンのユーザーは除外されているはず。

さまざまな価値観や人生観を持つ彼らの頭の中には、これまでの審理で見聞きした情報から、犬崎理志のイメージがある程度まで出来上がっているだろう。これから葛西が伝える内容が、それを補完するのか、あるいは否定するのか。それを彼らがどう受け止めるのか。

「では、始めさせていただきます」

10

その五階建てマンションの三階、手前から二つ目の部屋に明かりが灯った。

あそこか。

神谷葉柄は思わず笑みを浮かべ、マンションやアパートが隙間（すきま）なく建ち並ぶ小径（こみち）をもどる。片側二車線の街道に出て、銀杏（いちょう）並木が列をなす歩道を、ゆったりと歩く。車道を真っ赤に染めて流れるテールライトが、自分を祝福しているようだった。

ついに突き止めた。偽者の住処（すみか）を。

朝の通勤時から後をつけ、会社を特定するまでは簡単だったが、自宅にはなかなか辿り着けなかった。なんども見失いながら、何日もかけて少しずつ範囲を絞ってきた。それがようやく実を結んだのだ。

神谷葉柄は、足を止めて歩道を振り返る。

だが問題はこれからだ。

偽者は、地下鉄の駅からあのマンションまで、距離にして五百から六百メートルほどを歩く。マンションに入られたら手が出せない。チャンスがあるとすればその前しかないが、具体的にどうやればいいのか。歩道にはガードレールが設置されているので車をぶつけるのは難しい。やはり待ち伏せして背後から襲うしかないか。だが、夜でも人通りがあるので気づかれにくいという利点はあるが、邪魔も入りやすい。それに用心のためか、あの偽者はこの歩道をひどく足早に進む。まるで急かされているように。背後から襲うどころか、付いていくだけで精一杯だ。

神谷葉柄は、前を向き、ふたたび歩き出す。

焦ることはない。

じっくり考えればいい。

なにか方法があるはず。

地下鉄で都心に向かって二駅もどると、そこが神谷葉柄にとっての最寄り駅だ。

いつものコンビニに立ち寄って食料を買い込み、自宅アパートを視界に収める距離まで来たとき、路上に佇む人影に気づいた。

コートを着た男。手に鞄を提げている。

こちらに顔を向けると同時に、駆け寄るように近づいてくる。

「神谷くんか」

ほっとした声が夜空に響いた。

その声の主が、街灯の明かりの中で見事な白髪を輝かせ、眼鏡の奥の眼差しをやわらげる。

「元気そうでよかった」

まったく想定外の来訪者に、神谷葉柄は激しく動揺した。

「なんでここにいるんですか。退職願、ちゃんと出しましたよ」

「受け取ったけど、保留にしてある」

「……どうして」

目の前に立った男、職場の上司である津田和久が、重く見つめてくる。

「もしかして神谷くんは、エモーション・コントローラーを使っているのか?」

第三章　亀裂

1

かさいメンタルクリニックは個人経営とはいえ、すべての業務を葛西幸太郎一人でこなせるわけではもちろんなく、開業以来、受付や医療事務などのために人を雇っている。二年前から勤務しているのは片山貴子（かたやまたかこ）という今年三十歳になる女性で、引き締まった丸顔にはいつもやわらかな微笑が浮かび、応答もはきはきとして気持ちよく、クリニックの雰囲気を明るくしてくれていた。

その片山貴子が、一日の業務を終えて葛西の執務室に顔を出した際、

「先生……大丈夫ですか」

と眉（まゆ）を曇らせた。

「ずいぶんとお疲れのようですけど」

「え、そうかな」

葛西は思わず自分の頬に手を当てる。

「あまり、ご無理なさらないように」

「うん、ありがとう。片山さんもご苦労さまでした。気をつけて帰ってくださいね」

はい、と最後だけはいつもの笑顔を見せてくれた。

一人残された静寂の中、葛西は両肩を大きく回してから、パソコンに向き直る。モニター画面に目を凝らして数秒、おもむろにキーボードを叩きはじめた。

『発症していなくてもエモコンのせいにすれば無罪になる、というのは事実に反します。どれほど巧く演技しても心理検査で必ずばれます。結果を意図的に操作できない検査法がちゃんとあるからです。さらにこの検査では、エモコンによって発症した人にはきわめて特徴的なパターンが現れることがわかっています。健常な人が真似しようとしても絶対にできません。心理検査の専門家でも無理です』

鑑定人尋問で葛西が提示した「犯行時の犬崎理志はある種の精神疾患を発症しており、その原因はエモーション・コントローラーにある」という説は、眞鍋検察官の予想どおりメディアで大きく扱われた。これに真っ先に反応したのはエモコンの大手メーカー四社で、「エモーション・コントローラーがユーザーの犯罪を誘発することはあり得ない」と共同声明を発表した。また精神科医や脳医学の専門家からも「用いられた統計データが適切か疑問が残る」「仮説に対して検証が不十分」「確たるエビデンスもないのに精神鑑定の根拠にしたのは問題だ」と否定的なコメントが相次いだ。ＳＮＳになるとさらに口さがなく「地方にくすぶる無名の開業医ごときが大それた主張するねえ」「放火と殺人未遂の凶悪犯だぞ。刑を軽くしようなんてまともな人間の考えることじゃない」「家電のせいにするとか、ふざけてんのか」「最近の医者はろくなのいねえな」「どうせ三流大学の医学部出身だろ」「なんでもいいから世間の注目を集めたかったんだよね」「この鑑定医は間違いなく買収されてる」「エモコン市場で大きなシェアを誇る日本企業が狙い撃ちされたんだよ」などと中傷や陰謀論が吹き荒れた。

自分への中傷はある程度は覚悟していたので、それほど気にかけてはいない。いま葛西がなによりも危惧するのは、大量に蔓延る誤解やデマが人々の判断を誤らせることだった。大勢の人がエモコンを使い続ければ、それだけ犯罪を起こす危険も大きくなり、新たな被害者や犠牲者を生んでしまう。だから葛西は、明らかな間違いや意図的にミスリードを誘う意見を見つけると、可能なかぎり反論し、訂正を求めた。もっとも、それが火に油を注ぐ結果になったことも一度や二度ではないが。

一方で、葛西の説に肯定的な興味を示すメディアも現れた。クリニックまでインタビュー取材に訪れた記者やジャーナリストもいた。しかし出来上がった記事はというと、どれも「責任はエモコンを規制しなかったメーカーと国にある。規制しなかったのは大きな利権が絡んでいるからではないか」と強引に政治スキャンダルに仕立て上げようとする論調ばかりで、葛西の望んだものとはかけ離れていた。

『いまエモコンを使っている人は、いったん使用を中断してください』

『自分の思考に少しでも異常を感じたら、とくに〈夢の国〉というワードが頭に浮かぶようになったら、すぐに医師の診察を受けてください』

一部の報道によると、エモコンの売り上げは相変わらず堅調で、裁判の影響で使用を控えるようになったユーザーはわずかだという。

それでも葛西は、情報発信を止めるつもりはなかった。たとえいまは手応えが感じられなくても、いつか、どこかで、だれかを救うはず。そう信じている。

2

階段を上がって地上へ出ると、そのまま夜の街のざわめきに飛び込んだ。片側二車線の街道を行き交う車。歩行者用の青信号を告げる音響。コンビニの入退店音。通話中らしき男性の声。遠藤マヒルは、よく利用しているコンビニの前を素通りし、郵便局や警察署を横目に、銀杏並木の下をひた進む。主に鎮痛薬を買うときに使っている薬局、ここに引っ越してきた三年前に一度だけ入ったことのある中華料理の店、そのほかスポーツ用品の専門店やコインランドリーなど、歩道沿いには種々雑多な店舗が建ち並び、前方に聳えるマンションの屋上では美容整形外科の大きな看板がライトに照らされている。

小さな交差点を越えたところで脇道に曲がる。コーラの自販機の明かりを浴びながら、すぐ左手に見える五階建てマンションのエントランスの扉を開け、電子キーでオートロックを解除して自動ドアをくぐる。エレベーターで三階に上がり、三〇二号室のドアを解錠して部屋に入る。靴を脱いでキッチンを抜け、バッグを放り出し、充電器からＢＷＩを外して両耳に挿し、タブレット型の本体のロックを生体認証で解除、スタートボタンが表示されたところで、微かな不安がマヒルの指を止めた。

仕事中はエモコンなしでもなんとかなる。余計なことを考える暇を自分に与えなければいい。問題は、仕事から解放された後だ。ふと意識をゆるめた拍子に、多村楓のことが頭に浮かび、嫉妬と自己嫌悪が無限増殖を始めてしまう。逃れるにはエモコンを使うしかなかった。

そんなとき、エモーション・コントローラーがユーザーの精神に異常を引き起こす可能性があるというニュースが流れてきた。もはやエモコンなしでは一晩も過ごせそうになかったマヒルは、パニックを起こしかけた。しかし、どうやら主張しているのは一介の精神科医だけで、ほかの専門家の支持は得ていないらしかった。メーカーもはっきりと否定している。ネットの声も同様だ。「まったく気にする必要はありません。あの精神鑑定はデタラメもいいところで、真に受けている専門家は一人もいません。ましてやエモーション・コントローラーが犯罪を引き起こすなど、世界のどこにもそんな事例は確認されていません。心配無用です」「エモコンを毛嫌いする精神科医は以前から多かったよ。クリニックに来る患者が減って大打撃受けてるから。今回の件も、ようするにそういうこと」「ほんとにそんな副作用があるなら、もっと早くわかってるはずじゃないですか」「ぼくは三年間使い続けてるけどぜんぜん平気だよ。だからみんなも安心して使ってね」「大切なのは変なデマに惑わされないことです」

うん、大丈夫だよね。

マヒルは、スタートボタンをタップすると、深く息を吐きながら床に座り込んだ。

3

津田和久と初めて会ったのは、その小さな不動産会社の採用面接に臨んだときだ。エモコンを使って意欲を漲らせていた神谷葉柄は、以前の住宅メーカー勤務で住宅ローンや土地・建物の売買契約などの関連事務を一通り経験していることを強調し、前職を続けられなくなった経緯や引きこもっていた事実も包み隠さず話した。しかし面接官であった津田和久は、硬い表情を最後まで崩さず、態度も素っ気なかった。それで見込みはないと気落ちしていたところ、思いがけず採用の報せが届いたのだ。

神谷葉柄は希望どおり総務部に配属された。そこの部長が津田和久だった。彼の下で働きはじめて、硬い表情や素っ気ない態度はいつものことだと知った。神谷は仕事を無難にこなした。もともとデスクワークに向いていたのだろう。資料や各種契約書の作成、経理チェックなどの煩雑な作業も苦にならなかった。津田和久から叱責されたこともない。かといって個人的な話をするほど親しくなったわけでもなく、あくまで上司と部下として接していた。そういえば彼が笑ったところも見たことがない。

だからこそ、いきなり自宅まで押し掛けられて動揺したのだ。彼がそんな行動に出るとは夢にも思わなかったから。

「最近、エモコンがユーザーの精神に変調を起こすことがわかったらしいんだ。神谷くんが急に無断欠勤したのも、そのせいじゃないかと思ったんだよ」

彼は、神谷葉柄がエモーション・コントローラーを使っていることにうすうす気づいていたらしい。とはいえそれを責めるつもりはなく、むしろ仕事に取り組む熱意の表れと肯定的に評価していたようだ。

「もし使っているなら、すぐに止めなさい。時間が経てば、エモコンの影響はなくなるそうだから。いいね?」

意表を突かれた形の神谷葉柄は、津田和久のペースに呑まれたまま、エモコンの使用を止めることを約束させられた。そしてなぜか、その約束を素直に守った。津田和久は毎日連絡してきて様子を尋ね、エモコンを使っていないことを確認した。どうして彼が自分のことをこれほど気にかけるのか、神谷葉柄にもわからなかった。エモコンの使用を中断して二週間後、神谷葉柄は職場に復帰した。

もともとは対人恐怖症をなくすためにエモコンを使い始めたのだが、エモコンを使わなくても思ったほど不安は感じなかった。津田和久が配慮してくれたのか、職場の空気も以前と変わらなかった。

ただ、自分が〈氷の君〉にストーカーまがいの行為を働き、殺害計画まで立てようとしていたことには、ショックを受けていた。なぜ偽者などと思い込んだのかも理解できなかった。だから、朝の通勤電車で彼女を見かけても、目を合わせることが怖くて、すぐ顔を背けてしまった。それなのに、別の車両を使うことは考えなかった。

4

葛西幸太郎はSNSを開くと、ため息を漏らした。いったんは下火になりかけた誹謗（ひぼう）中傷が、ここに来て盛り返している。理由はわかっていた。犬崎理志に対して執行猶予付きの一審判決が下されたのだ。

一般に、起訴前鑑定で心神喪失とされた場合はもちろん、心神耗弱でも不起訴か起訴猶予になることは多い。弁護人の玉城大智もそれを期待していたのだろう。刑法第三十九条二項にも〈心神耗弱者の行為は、その刑を減軽する〉とある。だが、今回は過去に例のない特殊なケースであり、検察官としても法廷に判断を委（ゆだ）ねざるを得なかった。

結果として、裁判員たちが鑑定に納得してくれたことになり、葛西としては胸をなで下ろす思いだった。しかし世の中には、放火および殺人未遂の凶悪犯に執行猶予が付くなど、とうてい受け入れられない人々も多く、その怒りの矛先が鑑定人である葛西に向けられることになったのだ。

ＳＮＳのアカウントでは精神科医であること以外の個人情報を公開していないが、発信する内容がきわめて詳細かつ具体性に富むことから、今回の鑑定人を務めたことはほぼ間違いないと見なされていた。多くの傍聴人が詰めかけた法廷で氏名と略歴を明らかにしているのだから、アカウントの「中の人」が葛西幸太郎であることも調べれば簡単にわかるだろう。クリニックの場所も容易に特定されると考えたほうがいい。投げつけられるメンションには脅迫めいたものもあり、殺害予告など内容が度を越している場合はためらわず警察に通報した。いまのところ身辺に危険を感じたことはない。

「では先生、お昼に行ってきます」

午前の診察が終わり、片山貴子が執務室のドアを開けていった。いつも彼女は駅ビルにあるカフェで昼食をとっている。

「はあい、いってらっしゃい」

一方の葛西は、ここ最近の昼食はほとんどカロリーメイトで済ませていた。きょうも自分でコーヒーを入れてパソコンに向かい、フルーツ味のブロックをかじりながら作業に取りかかる。ＳＮＳでエモコンの使用を控えるよう訴え、明らかな誤解を見つければ指摘し、悪質なデマには真っ向から反論する。際限のないモグラ叩きにはうんざりもするが、これも自分の責務と言い聞かせている。たまにエモコンのユーザーから相談が寄せられることもあり、そんなときは時間の許すかぎり真摯に応対した。

この日もいくつかコメントや返信を書き込んでいると、葛西のアカウントにダイレクトメールが着信した。また脅迫状か、それとも真面目な相談か。文面を開くと、その一文が目に飛び込んできた。

おまえは夢の国に相応しくない。

葛西は、身じろぎもせず凝視していたが、短く息を吸うと窓辺に駆け寄り、眼下の通りに目を走らせた。そこに広がるのは、いつものお昼時の光景で、不審な人物や車両は見当たらない。執務室を出て診察室や待合室を見回ったが、とくに変わった点はない。クリニックの出入口のドアは閉めてあり、片山貴子が出るときにきちんと施錠してくれている。どこにも異常がないことを確認してからデスクにもどり、ふたたびモニター画面の文章と向き合う。心臓が激しく胸を叩きだす。

これまでに届いた殺害予告は、大仰な言葉で相手を怖がらせようとする意図があからさまで、不愉快ではあったが、それほど切迫したものは感じなかった。だがいまは、身体の芯が凍りつくような恐怖を覚えている。

送り主のアカウントは、このダイレクトメールのためにわざわざ作られたものらしく、プロフィール欄は空白、ユーザー名にもランダムなアルファベットが並んでいるだけ。十中八九、悪戯(いたずら)だろうとは思う。〈夢の国〉というワードに気をつけろとは、葛西自身がSNSでなんども繰り返してきたことだ。その言葉を不心得者が使ったところで、不思議でもなんでもない。

だが、と考えてしまう。

このダイレクトメールの送り主が、本物の発症者だとしたら。

葛西は返信を打ち込む。

「あなたはエモコンを使っていますか?」

送信してしばらく待ったが反応はない。

「使っているのなら、すぐに止めてください。そして、できるだけ早く、医師の診察を受けてください」

依然として無反応。

どうする。

やはりここは最悪の事態を想定すべきか。なにかあってからでは遅い。であれば、まずやらなければならないのは――。

「先生?」

我に返って振り向くと、ドアのところに片山貴子が立っていた。

いつの間にか、昼食からもどっていたらしい。

「あ、おかえりなさい」

片山貴子が目元を曇らせる。

「ほんとに、大丈夫ですか」

「あの……片山さん、急なことですが」

「はい?」

葛西は大きく息を吸って立ち上がった。

「きょうの午後は臨時休診にします。すぐに帰宅してください」

片山貴子が一つ瞬き(まばた)をして、

「なにか、あったのですか」

「私の殺害予告が届きました」

「でも、それならこれまでも」

「今回は、ちょっと違うかもしれません」

片山貴子の顔から血の気が引いた。

葛西は努めて表情をゆるめ、

「まあ大丈夫とは思いますが、用心に越したことはない。万が一にも片山さんを巻き込むわけにはいきませんからね。明日の土曜日も自宅待機でお願いします。もちろん、そのぶんの給金は支払います。来週以降のことは、あらためて」

「予約の入ってる患者さんには？」

「私から連絡しておきます」

片山貴子はなおも逡巡していたが、

「大丈夫ですよ。ほんとに、念のためですから」

と軽い調子でいうと、ようやく、

「わかりました」

と、うなずく。

葛西は、あまり怖がらせてもと思ったが、どうしても付け加えずにはいられなかった。

「帰るときも、周囲には十分注意を払ってくださいね」

葛西は窓辺に立ち、駅へ向かう片山貴子の姿が視界から外れるまで見送ると、午後から予約の入っている患者一人一人に連絡し、臨時休診を詫びつつ様子を尋ねた。患者が差し迫った状態であれば、クリニックに来てもらうこともやむを得ないと考えていたが、幸いにしてそこまで緊急を要するケースはなかった。

一息つく間もなく地元の警察署に電話し、生活安全課の新条に事情を話した。新条刑事は、これまでも殺害予告が届いたときに相談にのってくれていた。その際、〈夢の国〉症候群についても一通り説明してあるので、葛西がなぜ今回のメールを深刻に受け止めているのか、すぐに理解できたようだった。

5

細い首に両手をかけた。重ねた親指で喉を押さえつけ、体重をかける。苦悶にゆがんだ顔が、赤黒く染まっていく。

おまえのせいで……おまえのせいで……。

暴れていた足がおとなしくなり、爪を立てていた指からも力が抜け、腕がだらりと落ちる。もはや顔に精気はない。掌に伝わってくる鼓動も徐々に弱くなり、途切れはじめ、ついに……。

神谷葉柄は悲鳴を上げて飛び起きた。

窓。暗い。時間。午前二時四十六分。両手。感触が生々しく残っている。腕に食い込んだ爪の痛み。温もりの奥で弱まっていく鼓動。自分の手の中で消えていく、憧れの人の生命。

部屋の照明を灯す。小さなテーブルにはチューハイの空き缶。コンビニ弁当の容器に汚れた割り箸。床でくしゃくしゃになったレジ袋。侘びしさの漂うワンルームに、自分の荒い息づかいだけが響く。

まだ震えが止まらない。エモコンの使用を止めたのに、どうしてこんな夢を見るのか。しかも毎晩のように。まだ影響が残っているのだろうか。それとも……。

「……くそ」

認めたくはない。だが、あの夢で繰り広げられたのは、自分が密かに抱いていた欲望ではないのか。

いや、と神谷葉柄は、これだけは明確に否定する。自分を突き動かしていたのは、欲望ではなかった。憎悪だ。夢の中の自分は、彼女を殺したいほど憎んでいた。しかし現実の〈氷の君〉とは、まだ言葉を交わしたことすらない。ということは、憎悪の根源は、彼女ではなく、この自分の中にある。

そうか、と、ようやく悟る。

苗字をカッコいいといってくれた、あの綺麗な女の人だ。〈氷の君〉に重ねていたその人を、自分は恨んでいたのではないか。あんなことをいわれたばかりに舞い上がってしまい、中身のない自信に溺れ、結局はその虚像を支え切れなくなって精神を病んだ。あの女がぜんぶ悪い。あの女があんなことさえいわなければ、自分の人生はもっとマシだったはず。心の底では、ずっとそう感じていたのだ。

もちろん、こんな考えは間違っている。悪いのは、勝手に舞い上がった自分だ。そもそも〈氷の君〉にはまったく関係がない。だが、それがいかに不合理なものであっても、自分の中に〈氷の君〉へ危害を加える動機が存在するということが、神谷葉柄には恐ろしかった。いまの自分には、その気になりさえすれば、実行できるのだから。ストーカーになってマンションを突き止め、実際に殺害計画まで立てようとしたのだから。たとえエモコンを使っていなくても、自分でも気づかないうちに、やってしまうのではないか。ほんの些細なきっかけ一つで、あの夢で見たような……。

頭を激しく振った。

駄目だ。それだけは駄目だ。絶対に駄目だ。

しかし、この無意識の殺意とでもいうべき、いつ爆発するかしれない爆弾を、どうすればいいのか。自分の中から消し去るのがいちばんいいのだろうが、果たして消せるものなのか。どうしても消せないときは、それ以外に方法がないのなら、最後の手段だ。肉体ごとこの世から葬り去るしかない。取り返しのつかないことをしてしまう前に。

絶対に人殺しはしたくない。あの人を傷つけたくもない。でも死ぬのもいやだ。生きていたい。ろくでもない人生かもしれないけど、それでも生きていたい。死にたくない。どうすればいい。助けてくれ。だれか助けてくれ。だれか……。

神谷葉柄は、手を伸ばして空を掴みながら、ふらふらとベッドから下りた。縋るようにクローゼットを開け、奥に仕舞い込んだ板型のケースを引っ張り出す。タブレット型の本体を起動させ、

ＢＷＩを両耳に挿し込む。バッテリーの電力は十分ある。リラックスモードに設定し、表示されたスタートボタンに触れる寸前、津田和久の眼差しが頭を過ぎった。

『元気そうでよかった』

硬直したまま、本体を見つめる。なにを躊躇っている。このスタートボタンをタップすれば、あらゆる悩みから解放される。なにも思い煩うことなく、心からくつろげる。楽になれる。さあ、ここに指を置け。迷うことはないじゃないか。

神谷葉柄は目を瞑り、絞り出すように息を吐き切ると、耳からＢＷＩを引き抜いた。

＊

「神谷くん、久しぶりだねえ」

眼鏡の奥の細い目を底光りさせながら、楕円形の大きな顔が歯を剝いて笑うと、血色のいい頰が丸く盛り上がった。最後に会ったときより頭がさらに薄くなり、残されたわずかな髪はほとんど灰色を呈している。

「会社もまだ行ってるんだ。偉いなあ」

両手の太い指を器用に動かし、キーボードでなにやら素早く打ち込んでから、椅子を回して向き合った。

「で、きょうはどうしたの」

鳴海クリニックは、神谷葉柄が引きこもっていたころに通った心療内科だ。鳴海匡はそこの院長で、エモーション・コントローラーを勧めたのも彼だった。

「あの……また最近、おかしいんです、自分」

鳴海医師が表情を変えずに、ゆっくりとうなずく。

「いいですよ。では、順を追って、教えてください。なにが、どう、おかしいのか」

神谷葉柄は、言葉に詰まりながら、すべてを話した。コンビニに屯する少年たちを車で轢き殺す妄想に取り憑かれたこと。通勤電車で見かける女性が気になるあまり住居まで後をつけたこと。その女性の殺害計画を立てようとしたこと。エモコンのせいだと思って使用を止めたのに、いまだに彼女を殺す夢を毎晩のように見ること。このままではほんとうにやってしまうのではないかと不安で仕方がないこと。

「え、エモコン使うの止めたの。なんで?」

それまで黙って聞いていた鳴海医師が、一重の目を見ひらいた。

「精神異常を引き起こすと聞いて、自分の症状もそのせいじゃないかと」

「あれ、嘘だよ」

「うそ?」

「だって、止めてもまだ続いているんでしょ」

「続いてるというか、繰り返し夢で見るだけで、具体的な行動に移したわけではないんですけど」

「でも神谷くんは、それが不安になって、ここに来たんだよね」

「はあ」

鳴海医師が首を捻ってから、

「で、神谷くんはどうしたいの」

「え」

「不安をなくしたい？」

「……できれば」

「向精神薬や漢方薬は、あまり効かなかったよね」

薬は引きこもっていた時期に一通り試している。

鳴海医師が腕組みをした。

「エモコン、使っていいと思うなあ」

「でも副作用が」

「エモコンに副作用なんてないから」

と鼻で笑う。

「いや、実際に変な妄想が頭から離れなくなって」

「どんな」

「どんなというか、〈夢の国〉に必要ないからという、わけのわからない理由で中学生の子たちを殺そうとしたり、えっと、いつの間にか頭が勝手に考えてるんです。それを不自然にも思わなくて。これって、ネットで流れてるのと同じ症状ですよね」

「ネットの情報を鵜呑み(うの)にしてるんだ」

「……そういうわけでは」

「地方の裁判で登場したっていう謎(なぞ)理論だよね。いちおう読んだけど、眉唾(まゆつば)もんだよ。あんなの真に受けちゃダメ」

「そう……なんですか」

神谷葉柄は混乱した。無理して我慢する必要はなかったのか。しかし、ならば自分に起きた異変は……。

「エモコンのモード設定はどうしてた？」

「え、あ……やる気モードにしてました」

「それで変な方向へやる気になっただけじゃないかな」

冗談ともつかぬ口調でいう。

「試しにリラックスモードにしてみたら？」

神谷葉柄が返答できずにいると、鳴海医師が畳みかける。

「うん、そうしよう。きょうは、ここの医療用のエモコンを使おうか。家庭用より細かい調整ができるし、効果も長続きするから。とりあえず、それで様子を見てみよう。ね？」

6

かさいメンタルクリニックは、翌週の木曜日から診療を再開した。

可能なかぎりの対策は施した。まずビルの管理会社に掛け合って、クリニックのドア前に防犯カメラを設置した。そうして出入口は常に施錠し、患者が来院するたびにカメラの映像を確認してから、受付の片山貴子がドアを開けるようにした。自宅との往復に使う車にも、新たに防犯装置を取り付けた。車体に不自然な振動が加われば、たちまちアラームが鳴り響く。また生活安全課の新条刑事の計らいで、近くの交番から警察官が巡回してくれることにもなった。これで百パーセント防げるとはいえないが、定期的に病状や薬の効き具合をチェックする必要のある通院患者も多く、いつまでも休むわけにはいかなかったのだ。

幸いにして、いまのところ異常はない。発症者からと思しき(おぼ)ダイレクトメールも来ていない。葛西幸太郎は努めて平常どおりに過ごした。来院患者に診療を施し、時間が空けばSNSでエモコンの使用中止を訴え、土曜日の午後は仕事を忘れて古都音との時間を楽しんだ。

一方で、今回の件とは別に、気にかかることもある。

それまでも動機が了解不能な事件は増え続けていたが、ここに来てさらに勢いが強まった感があるのだ。実際に発生件数が急上昇しているのか、メディアで取り上げられる頻度が高くなってそう見えるだけなのか、公式の統計を待たなければ判断できないが、いずれにせよ、いい傾向ではない。

あるメーカーが発表した数字によると、先月のエモコンの出荷台数は過去最高を記録したという。エモコンが製造中止になるというデマが流れたために、駆け込み購入した人が多かったと分析されている。ユーザー数もいっこうに減る気配がない。

葛西の訴えは、まだ社会に十分届いていない。危機感も共有されていない。しかし事態は思った以上に悪化している。そんな気がしてならない。

葛西のSNSアカウントには相変わらず中傷や批判が届く。殺害予告でもないかぎりまともに対応することはないが、中には無視できない、無視すべきでないものもある。この日、葛西が受け取ったダイレクトメールも、その一つだった。

たすけてください

綴(つづ)られていたのはこの一行だけで、送り主のユーザー名は〈Leafstalk〉。アカウントを見たが、悪戯目的で作られたものではなさそうだ。短い文字列から切迫した気配を感じとった葛西は、すぐに返信した。

「どうしました？」

反応を待つ。

沈黙の中にも、相手の存在を感じる。

「ぼくは人を殺してしまうかもしれない」

しばらくして返ってきた言葉に、葛西は深く息を吸い込んだ。

気持ちを落ち着けるように息を吐き出し、カップに残っていたコーヒーを飲み干す。もう一度ゆっくりと深呼吸し、臨戦態勢を整えてからキーボードに向かった。

「いまからいくつか質問させてください。よろしいですか？」

「はい」

よし、と葛西はうなずく。応答は悪くない。

「答えたくない、答えられないときは、そう言ってください。無理に答える必要はありません」

「わかりました」

とりあえず会話は成り立ちそうだ。

「まず、あなたをなんとお呼びすればいいですか」

「リーフ」

さて、ここまでは順調だが。

「ではリーフさん、あなたはエモーション・コントローラーを使っていますか？」

「使ってます」

これまでもエモコンのユーザーからはたびたび相談が寄せられた。自分も犬崎理志のように犯罪に走るのではないかと不安に襲われる人も少なくなかったのだ。たいてい葛西は、エモコンを使っているのならすぐに中止し、もし自分の思考に異変を感じたら医師の診察を受けるようアドバイスした。だが、おそらくこの人は、もはやそんな段階ではない。

「いまも使っているのですか」

「はい」

「エモコンが〈夢の国〉症候群を引き起こすという説はご存じですか？」

「知ってます」

「いまの自分の状態を〈夢の国〉症候群だと思いますか？」

「はい」

「だから私に連絡してくれたのですね」

「はい」

「ありがとうございます、リーフさん」

本心からの言葉だった。

少なくともこの人は、自分に起こった変化を自覚できており、制御不能には陥っていない。まだ間に合う。

「エモコンの使用を中止すれば、症状が収まることは知っていますか？」

「はい」

「でも止められないのですね」

返信まで少し間が空いた。

「はい」

ぎりぎりの状態で踏み留まっている、ということだ。藁にも縋る思いで助けを求めてきたのだろう。一人の精神科医として、その期待にはなんとしても応えたい。そのためにはまず、この人の置かれている状況を理解しなければならない。

「リーフさんは、エモコンをいつから使っていますか」

「半年くらい前から」

「最初におかしいと感じたのは、いつですか」

そして対話を続け、こちら側に繋ぎとめながら、解決への糸口を探す。

「八月の終わりごろです」

すでに三カ月以上経っているのか。

「そのとき、なにが起きたのですか」

「コンビニで見かけた中学生のグループを殺そうとしました」

「実際に行動を起こしたのですか」

なかなか返信が来ない。

葛西は焦らずに待つ。

三分ほどして着信した。

「頭の中で考えただけです。でも考えが勝手に転がっていく感じで、なぜそんなことを考えたのか、自分でもわからない」

「殺そうとした理由を覚えていますか」

「いえ。覚えているのは夢の国という言葉だけです」

典型的な症状だ。

「これは確認ですが、〈夢の国〉症候群のことを知ったのは、その後ですね」

「はい」

「それまでも、その中学生たちを殺したいと感じたことはありますか」

「いつもうるさくて嫌だったのは事実ですが、殺したいと思ったことはありません」

「その中学生のグループは、いまも見かけますか?」

「いえ。見なくなりました。ほかの人がそのグループを車でひき殺そうとした事件が起こって」

あの事件か。葛西はネットで流れてきたニュースを思い出した。

「その後、同じような症状を感じたことは？」

また間が空く。

今度は少し長く、五分くらいかかった。

「通勤電車でいつも見かける女性を、偽者だと思い込んで、自宅まで後をつけました」

「後をつけて、どうしようと思ったのですか」

「本人を助けるためには、偽者を排除しなくてはならないと」

人を殺してしまうかもしれない、といったのは、その女性のことか。

「自宅を特定したのですか」

「はい」

「自宅を見つけた後、リーフさんはどうしましたか」

考えるだけでなく行動を起こしたとなれば、そうとう症状が進行していたはず。

「殺す計画を立てました」

「実行に移しましたか」

「いえ」

葛西はほっと息を吐く。

「よく思い止まりましたね」

「無断欠勤を心配してくれた上司が、ぼくのアパートまで来たんです」

さらに二通、連続で着信する。

「まったく想像してなかったので、ひどく混乱してしまって」

「自分でもよくわからないうちに、エモコンを使わないことを約束させられました」

葛西は思わずモニター画面に身を乗り出していた。

「それで使用を止めることができたのですか」

「はい」

事実とすれば、きわめて興味深い症例だ。完全な発症には至っていなかったのか。それとも、たとえ発症していても、想定外の事態に遭遇して極度に動揺すると、病状が緩むこともある、ということか。

「その後、症状は収まりましたか」

「はい」

「でも、こうして私にコンタクトをとってきたということは、ふたたびエモコンを使うようになって症状が再発したのですね?」

反応がなかなか返ってこない。

「どうしてまたエモコンを使うようになったのですか」

五分ほど待ったが反応はない。

「なにか、きっかけがあったのですか」

やはり無反応。

「さきほどリーフさんは、エモコンの使用を止められないと言いました。一度は止められたのに、いまはできないのですね?」

まるで手応えがない。

この沈黙は嫌な感じがした。

「リーフさん、いますか。なにか言葉を返してください」

「悪夢」

ようやく返ってきたのは、その一言だった。

「悪夢とは、いまリーフさんが置かれている状況のことですか?」

「心療内科デマ眉唾謎理論」

「夢の国エモコン朝地下鉄」

「リラックス氷の君無視無視無視」

意味不明な単語の羅列が続く。

もはや会話が成り立たない。

しかし、まだそこにいる。

繋がっている。

「やはりエモコンの使用を止めることが重要です」

葛西はわずかな望みをかけて言葉を送る。

「どうしても止められそうにないのなら、知り合いに預かってもらうか、思い切って処分するという手もあります」

「それが面倒だったら、いっそ壊してしまってもいい」

「自分」

また一言だけ返ってきた。

「リーフさん、どうしたのですか」

「消える」

「なにが消えるのですか」

「たすけ」

葛西は背筋の凍りつくような寒気を感じた。

「大丈夫ですか、リーフさん」

反応はない。

「気をしっかり持ってください」

「なにか応えてください」

「リーフさん、あなたの本名を教えてください」

「リーフさん、そこにいますか?」

「リーフさん?」

いつまで待っても返信は来なかった。

残されたのは、空っぽの沈黙。

7

神谷葉柄はスマホをベッドに放り出した。

静かな湖のように波一つ立たない心は、どこまでも深く透き通り、自分のやるべきことがこれ以上ないほどはっきりと見える。

すべては夢の国のために。

8

十二月二日午後二時頃(ごろ)、佐賀県佐賀市のファミリーレストランの店内で、女性が刃物で胸を刺され、その後、死亡した。警察は店の中にいた四十四歳の男を殺人未遂の疑いで逮捕した。警察によると、男は女性とは面識がなく、動機についても「夢の国には必要ないと思った」などと意味不明なことを口にしているという。警察は今後、容疑を殺人に切り替えて、事件の詳しい経緯を慎重に調べることにしている。

母親の首などを包丁で刺して重傷を負わせたとして、神奈川県警は四日、同県横須賀市、会社員の男を殺人未遂で緊急逮捕した。男は警察の調べに対し「夢の国に相応しくないから殺そうと思った」と話している。

十二月五日午前九時頃、石川県金沢市の住宅付近で「首から血を流した男性が倒れている」と一一〇番通報があった。石川県警によると五十四歳の男性が首を刺されて重傷。住宅で男性の妻と見られる女性が刃物で刺されているのが見つかり、死亡が確認された。県警は、男性に対する殺人未遂の疑いで、同居する長女を逮捕した。長女は警察の調べに対し「夢の国のためには仕方がなかった」と意味不明の供述を繰り返しているという。

十二月六日午後四時五十分ごろ、愛知県犬山市の路上で帰宅途中の同市の大学生がいきなり金属バットのようなもので殴られ、後頭部を骨折するなど全治一カ月の大けがを負った事件で、警察は岐阜県各務原市、無職の男を殺人未遂の疑いで逮捕した。警察によると男は容疑を認め「夢の国に不要だと思ったからやった」と供述しているという。

＊

眞鍋検察官からの電話は、新たな簡易鑑定の依頼だった。

『うちでも起こったんですよ。例のやつが』

十二月に入ってから連日、全国のあちこちで動機が了解不能な〈夢の国〉事件が相次いでいる。その勢いは、枷(かせ)が外れてしまったかのようだった。

とはいえ、必ずしも被疑者全員が〈夢の国〉症候群を発症しているとは限らない。発症者が「夢の国のため」云々(うんぬん)と供述していることが広く知られると、同じ供述をすれば無罪になると思い込んだ便乗犯が少なからず出現しているからだ。彼ら彼女らはみな、エモコンを事前に購入して使用実績を作るなど、準備をした上で犯行に及んでいる。だが鑑定面接をすれば詐病は容易に看破できるはずだ。発症者に特有のぶれのなさは、素人が意図的に再現できるものではない。

「先にいっておきますが、本鑑定はもう引き受けませんからね」

『わかってます』

おや、と思った。声にいつもの張りがない。

「気がかりな点でも？」

『取調室での態度がそっくりなんですよ、犬崎理志と』

「本物の発症者である可能性が濃厚、というわけですね」

『ところがねえ、先生』

眞鍋検察官が困惑も露わにいった。

『こいつ、エモコンを使ったことはないっていうんです』

*

「だからいってるでしょ。おれはやるべき仕事をしただけだって」

言動は荒く、身体は貧相ともいえるほどで、ろくに手入れのされていないであろう髪には寝癖がついたままだが、超然とした佇まいだけはたしかに犬崎理志を彷彿とさせる。

「どうして〈夢の国〉という言葉を使ったのですか」

葛西幸太郎の問いかけにも、

「なんとなく」

ぶっきらぼうに答えて、にやりと笑う。

葛西が昨晩二時間かけて読み込んだ一件資料によると、被疑者の氏名は弓川昌年。二十九歳の無職で、夜中にマンションの駐車場に侵入し、多数の車を損傷させた罪に問われている。防犯装置付きの車が大音量のアラームを鳴り響かせても犯行を止めず、通報を受けて駆けつけた警察官に向かって「こんなものは夢の国に必要ない」と叫びながら、なおも車のボディを尖った工具で擦り続けたという。いかにも便乗犯のやりそうなことだが、本人はエモコンの使用を否定しており、実際、心療内科への通院歴はなく、エモコンを購入した形跡もない。

「弓川さんにとって〈夢の国〉とは、どのようなものですか」

同じ質問に対して犬崎理志は「夢の国は夢の国です。それ以上は説明のしようがない」と答えているが。

「完璧な世界」

「もう少し詳しく教えてもらえますか」

弓川昌年が、ぎらつかせた目を虚空へ飛ばし、

「必要のないもの、ないほうがいいもの、ようするに目障りなものだな、そういうものを一つ一つなくしていった先に残る、透き通った世界。わかる?」

最後に葛西を見て、またにやりとする。

「弓川さんは、そういう世界を作ろうとしているのですか」

「ううん、ちょっと違うんだよなあ」

眉間にしわを寄せる。

「最終的に夢の国ができるかどうかなんて、おれは興味ないのよ。だって、どうせ自分では見れないんだから」

「見れませんか」

「見れないね。それができるのが千年後かもしれないし」

「それでもかまわないと？」

「千年後の夢の国は見れない。でも、そこに繋がる道から塵の一つでも取り除いてやれば、おれも立派に役に立てたとはいえるわけだ」

「満足しているのですね」

「満足だね」

一件資料によると、弓川昌年は子供のころから無口で、周囲に暗い印象を与えていたという。それは大人になった現在も変わらず、数少ない知人の証言からも、目の前の饒舌な姿は浮かび上がってこない。別人のように見えるという点は、犬崎理志とも共通している。

言動からは〈夢の国〉症候群としか思えないのに、エモーション・コントローラーを使っていない。つまり、彼がほんとうに発症者であるとすれば、エモコンが原因だとする説は間違っていたことになる。逆に、エモコン原因説が正しいのならば、エモコンを使ったことのない彼は発症者ではあり得ない。彼が〈夢の国〉という言葉を用いているのは単なる偶然であり、今回の犯行も身勝手な動機で引き起こされたに過ぎない。だがそれでは、別人のように見えるという点が説明できなくなる。

この不整合をどう考えればいいのか。

「弓川さん、ここで簡単な心理検査をさせてください」

心理検査は基本的に本鑑定で行うが、簡易鑑定でも例外的に実施することはある。とにかく、いまは一つでも多く、弓川昌年の精神的実像を理解する材料が欲しい。

「ここに樹木の絵を描(か)いてください」

葛西は、広げたノートに鉛筆をのせ、弓川昌年の前に差し出した。

「どんな木でも構いません。弓川さんの好きなように、自由に描いてください」

しかし、弓川昌年が鉛筆を手に取って白紙のノートに向かい、迷いのない線で描き出したものは、葛西をさらに困惑させただけだった。


「どうですか、先生」

面接を終えた弓川昌年が部屋を出ていくと、眞鍋検察官が入ってきて正面に着席する。

「これを見てください」

葛西は、弓川昌年の描いた樹木画を見せた。

地面に力強く張った根に、そこから真っ直(まっす)ぐ伸びる逞(たくま)しい幹、葉が豊かに茂る樹冠には果実らしきものまである。生命力にあふれる、きわめて健康的な絵だ。

「犬崎理志の描いた絵とはずいぶん違いますね。あっちは切り株でしたっけ」

眞鍋検察官がノートから目を上げて、

「ってことは？」

検察庁が扱う事件のうち、実際に公判請求されて裁判になるのは一割に満たない。大半は起訴猶予処分や不起訴、あるいは略式命令で済まされる。器物損壊など比較的軽微な罪で、前科前歴がなく、十分に反省して被害の弁償などをしていれば、起訴猶予処分になるのが一般的だ。しかし、弓川昌年にも前科前歴はないとはいえ、警察官に制止されるまで次から次へと車両を傷つけ続けるなど犯行は悪質、弁償どころかまったく反省の色を見せておらず、再犯の危険も大きい。これで責任能力ありとなれば、さすがに起訴を免れないのではないか。

「申し訳ないですが」

葛西は、眞鍋検察官の目を見ながら、苦々しい思いで告げた。

「このケースは、私には鑑定できません」

9

毎週土曜日恒例の〈ワインを楽しむ二人会〉は、コーヒーとスイーツで締めることになっている。豆はいくつか試してトラジャに落ち着いたが、スイーツはワインを買った帰りに自宅近くのパティスリーで選ぶ。この店は評判がよく、値段は少々割高だが、どれも凝っていて口にするたびに唸（うな）らされる。毎回二人でショーケースを覗（のぞ）き、わくわくしながらケーキを一つずつ選ぶのも、土曜日の大きな楽しみだった。

この日、葛西が選んだのはキャラメルパンプキン。キャラメル風味が濃厚なのに後味がすっきりしている上、中にパフやクリーム、フルーツソースが仕込んであって、食べ進めながらさまざまなアクセントを楽しめるカップケーキだ。

一方の古都音の皿には抹茶ショコラ。これもオレンジムースやココアスポンジの層とのハーモニーが絶品のスクエアケーキで、葛西もお気に入りの一品だった。

いつものように幸福な時間を堪能して、コーヒーを飲んでいるとき、

「ところで、さっきの話なんだけどさ」

古都音がカップを置いて切り出した。

「幸太郎の説が誤りだったと結論するのは、早すぎるんじゃない？」

「そうかなあ」

葛西はすでに、二度と精神鑑定に携わらない決意を古都音にも告げていた。エモコン原因説が間違っていたとすれば、犬崎理志に対する精神鑑定は根拠を失う。無駄な対策をエモコンのユーザーに勧めてきたことになる。古都音が慰めようとしてくれているのはわかるが、事実から目を逸らすことはできない。

「そもそも、エモコンが原因だという説にはエビデンスがあったんだよね。動機が意味不明な犯罪者のエモコン使用率が有意に高いことは統計データがちゃんと示してる。エモコンが無関係と

なると、それはどう説明するの」

たしかに古都音のいうとおりでもあった。なんらかの要因によってエモコンが関係あるように見えているだけ、という可能性もあるが、その要因はなにかとなると、見当もつかない。葛西が、エモコン原因説を完全に捨て切れていない理由もそこにある。

「それに犬崎さんは、症状が消えてからエモコンを使ったら再発して、あわてて使用を止めたらまた症状が消えたんだよね。たまたまタイミングが重なっただけという見方もできるけど、SNSでコンタクトしてきた人、リーフくんだっけ、あの人にも同じことが起きたっていわなかった？」

葛西は渋々うなずく。

「つまり、エモコンの使用状況と症状の有無、この二つがリンクする事例が複数確認できてる。これでエモコンが無関係とするのも、かなり無理があるんじゃない？」

「じゃあ今回のケースはどう解釈する？」

葛西は心から、古都音の考えを知りたかった。

「エモコン原因説が正しいのなら、エモコンが関わっていない今回は〈夢の国〉症候群じゃないことになる。でもそれだと、別人のように変貌していることを説明できない。犯行時からずっとあの調子だから、たまたま気分が高揚してるだけとも思えない。そこには病的なものがある。ならば、ほかの精神障害を患っていて、たまたま目にした〈夢の国〉という言葉を使っているだけなのか。でも、それにしては精神状態が安定しすぎてる。この堅牢さ、態度のぶれのなさも〈夢の国〉症候群に特有のものだ」

「でも、樹木画は違った」

「そうなんだよ。弓川昌年が描いた樹木画に病的なものはなにもない。この点は犬崎理志とまったく違う。もうぐちゃぐちゃでわけがわからない」

葛西はため息を漏らし、

「そもそも〈夢の国〉症候群なんてものは最初からなかったのかもしれないな。とすると、犬崎理志に対する鑑定は根底から間違っていたことになる。やはり鑑定人失格だよ」

古都音が考え込むような顔でうつむいて数秒、目だけ上げていった。

「試しに、あれを使ってみない？」

「あれ？」

「精神寄生体」

古都音が瞳を輝かせて続ける。

「それでこの状況を説明するとしたら、どうなるかな」

もともと〈精神寄生体〉は、〈夢の国〉症候群の病態を理解する道具として仮想した概念だ。犬崎理志の症状はすべてこの仮想的概念によって説明できた。というより、彼の症状を説明するために生み出した方便のようなものだ。これで弓川昌年のケースをどこまで説明できるのか、試す価値はあるかもしれない。

「やってみよ」

葛西は気を取り直してうなずく。

「そうだな。よし、まず〈精神寄生体〉の概念を簡単に整理しておこうか」

古都音が、舌なめずりしそうな顔でコーヒーカップを脇に寄せ、テーブルの上に両肘をのせる。

「この精神寄生体は、エモコンから感染し、ユーザーの精神を支配する。そして罪悪感を無効化することで、抑え込まれた負の感情を効率よく放出する」

「その結果として犯罪行為が引き起こされた実例が、犬崎さんね」

「では弓川昌年はどうか。彼も精神寄生体に感染していたとして、その精神寄生体はどこから来たのか」

「これまでのところ、精神寄生体が存在する場所は二つしかない。一つはいうまでもなくエモコン。もう一つが感染したユーザー。弓川さんはエモコンを使っていないのだから、エモコンが感染源ということはあり得ない。となると残るは、感染したユーザー。つまり弓川さんは、すでに精神寄生体に感染していただれかからうつされたことになる」

「ちょっと待って」

葛西は議論を止めた。

「ヒトからヒトへ感染したってこと?」

「弓川さんが精神寄生体に感染したのなら、ヒトから以外にあり得ないでしょ」

「でも、どうやって。エモコンからの感染はまだわかる。エモコンは直接脳に働きかける機械だから、同時に送り込まれたと考えれば理解しやすい。だが、ヒトからヒトへ感染させるとなると」

「具体的な方法はあとで考えるとして、まず弓川さんの精神寄生体にはヒトからヒトへの感染力があると仮定しましょ。というか、弓川さんが精神寄生体に感染しているのなら、その精神寄生体にはヒト－ヒト感染力がなければおかしい」

「うん、たしかに」

「問題は、なぜそんな感染力があるのか。ううん、問い方を変えよう。どうやってその感染力を獲得したのか」

「えっと……どうやって?」

「実際の病原性ウイルスが参考になるかも。たとえば鳥インフルエンザ。鳥インフルエンザウイルスがヒトに感染したりするとニュースになるよね。なぜニュースになるかというと、もしそのウイルスがヒトからヒトへ感染しはじめると、一気に広がって世界的なパンデミックに繋がりかねないから」

葛西は息を吸い込んだ。

「変異か」

古都音が、視線を葛西に据えたまま、うなずく。

「自然界のウイルスが変異するように、精神寄生体も変異してヒトからヒトへの感染力を獲得した。そう考えるのがいちばん無理がないと思う。そしておそらく、変異によって獲得されたのは感染力だけではない」

「なるほど。弓川昌年の描いた樹木画もそれで説明できるな。犬崎理志が切り株を描いたのは、精神寄生体の監視が緩んで本来の自我が顔を出した結果だった。しかし、弓川昌年の感染した精神寄生体は変異により監視能力が強化されていて、本来の自我もつけ込む隙がなかったとすれば」

無言で見つめ合ったあと、古都音がにこりとする。

「きれいに説明できちゃったね」

いつもそうだ。

古都音と話していると、いつの間にか思いも寄らない結論にたどり着いてしまう。

「まいったな。精神寄生体が変異したと仮定するだけで、ほんとにぜんぶ解決してしまった」

あくまで理論上は、だが。

「紛らわしいから、エモコンから感染したタイプをⅠ型、変異してヒト－ヒト感染が可能になったタイプをⅡ型としようか」

古都音がさらに議論を前へと進めていく。

「さて次の問題。Ⅰ型はエモコンの使用を中止したら症状が消えました。では、エモコンと関係ないⅡ型の症状は、ずっと消えないのでしょうか。どうですか、葛西幸太郎先生」

葛西も必死に付いていく。

「Ⅰ型は、エモコンの使用によって溜まった負の感情が、発症の原動力になった。だから、負の感情が補充されずに、溜まった分が放出されてしまえば、症状も収まった。一方、Ⅱ型のエネルギー源も負の感情とすれば、使えるのはもともと存在していた分だけだ。それが底をつけば、症状も収まるはず」

「自然治癒を期待できるってことね。それに、Ⅰ型みたいにエネルギーを強引に溜め込まないから、症状も軽く済むかも」

「たしかに弓川昌年は、犬崎理志のように人に対して危害を加えたわけじゃないな。データが少ないからまだなんともいえないけど、あり得るよ」

「あとね、弓川さんが感染してる以上、発症者と接点があったことになるけど、どこで感染したのかは特定しにくいでしょうね。発症者の全員が事件を起こすとは限らないし、無症状の感染者もいるかもしれないから」

「あ、ちょっと待って」

「こんどはなに」

「ヒトからヒトへ感染するのなら、おれにも感染してる可能性があるってことになるぞ。二時間以上、対面で会話してきたんだから」

「ううん、どうだろ。本当のウイルスみたいに飛沫感染や接触感染するわけではないだろうし、たぶん大丈夫じゃない？」

「ずいぶんと楽観してるね」

「だって、まだ不確定要素が多すぎて、なにを心配すればいいのかもわからないから」

「……それもそうか」

「そう、心配したって仕方がないことは心配しない。で、残った疑問は？」

葛西は、そうだな、と考えて、

「ヒトが感染源になったのだから、いまさらエモコンの使用を控えても手遅れかな」

「そんなことはないと思う。発症者を減らすという点では大きな意味があるよ。それに、ヒトからヒトへの感染力がどのくらいかわからない。エモコンから感染する場合よりずっと確率が低いかもしれない」

「今後もエモコンの使用中止を呼びかけた方がいいか」

「もちろん」

古都音が身体を起こして背もたれに預けた。

「どう。精神寄生体、けっこういい線いったんじゃない？」

「たしかに、精神寄生体の概念を使うといろいろと説明はできる。それは認める。けど、現実に精神寄生体が存在するかというと、どうかなあ」

「え、まだそんなところなの？」

「だって、精神寄生体だぞ」

「いまわかっていることをすべて矛盾なく説明できれば、それが現時点ではもっとも真実に近い。そう考えていいいんじゃない。わたしのやってる量子力学の理論もだいたいそんな感じだよ」

「いやあ、いくらなんでも、こんな馬鹿げたものが実在するとは」

「馬鹿げてることとは、存在を否定する理由にはならない。量子力学に限らず、こんな馬鹿げたものが存在するはずがないと思われてたものが実在した、なんて例はたくさんある。人間の想像力なんて高が知れてる。案外いろんなものに縛られていて、思ってるほど自由じゃない」

古都音が、大学の先生らしく、教え諭すようにいった。

「精神寄生体が存在することで、すべてを矛盾なくきれいに説明できるのなら、そしてそれ以外に説明する手段がないのなら、それは存在しなくてはならないんだよ」

第四章　決壊

1

人口百六十万の中核地方都市であるS市、その中心部にある繁華街の直下には、全長六百メートルの地下街が広がっている。南北に走る二本のメインストリートは石畳や煉瓦(れんが)で舗装され、アーチ型の天井には黒く塗装されたアルミ鋳物が唐草模様を描くなど、もともと十九世紀ヨーロッパの街並みをイメージして造られたというだけあって、五十年という歴史を持つにも拘(かか)わらず古さを感じさせない。むしろ控えめな照明の光と影を使った演出効果とも相俟(あいま)って、劇場のように心を浮き立たせるものがあった。二万八千平米の広々とした空間には百五十以上のテナントが華を競い、地上の大型商業施設や公的機関、バスターミナルや私鉄、地下鉄の駅とも接続しているなど利便性も高く、一日の通行者は三十万人を超える。

十二月十三日は真冬並みの寒波に見舞われた影響もあり、いつも以上にこの地下街を通路として利用する人が多く、市ノ瀬政臣もその一人だった。

彼は朝から気分が鬱いでいた。エモーション・コントローラーは毎日使っているが、あれは頭痛薬と同じで、表面上は普通に振る舞えるようになっても、原因を取り除いてくれるわけではないのだ。彼はきのう三十八歳の誕生日を迎えたばかりだった。でも祝ってくれたのはオンラインショップからのメールだけ。ＳＮＳ経由で入ってくる情報によると、高校や大学の同期の大半はすでに結婚して子供がいる。マンションを買ったり家を建てたりした者も少なくないらしい。みんな人生のステージをしっかりと前に進めている。それにひきかえ自分はどうだ。四十歳まで残り二年を切ったというのに、妻子どころか付き合う相手もいない。家賃の安いアパートに一人暮らしで、仕事は行き詰まって先が見えず、原因のわからない身体の不調も続いている。なのに、だれからも気遣われない。自分はこの世界にひとりぼっちだと、ベッドで目を覚ますたびに思い知らされる。そして、将来への焦りと人生への諦めがせめぎ合う中、自分の奥底で破滅的な衝動が日々育っているのを、どうしようもなく感じる。

そんな市ノ瀬政臣にとって、地下街を闊歩するほかの人々は、別世界の住人だった。みながみな充実した人生を築き上げて幸福を謳歌している。自分のような人間のことなど、視界にすら入っていないのだろう。だから自分がほんとうに破滅するときは、ここにいる奴らを一人でも多く道連れにしてやると決めていた。とくに幸せそうな奴を狙ってやろう。そうして世界におれの存在を知らしめる。おれを無視したことを後悔させてやるのだ。

そんな夢想で自分を慰めながらメインストリートを進み、北広場に出て左に折れ、西十二番口の階段を上る。この狭く陰気な階段は地下街の北端口に当たり、利用者も比較的少ない。気怠(けだる)げな足音を立てながら階段を上っているとき、下りてきた小柄な男とぶつかり、あやうく倒れそうになった。それが、エモコンによってかろうじて維持されていた市ノ瀬政臣の理性に、とどめの一撃を加えた。

「気をつけろ、馬鹿(ばか)野郎!」

怒りにまかせて叫んだが、小柄な男はそのまま階段を下りていく。

「謝れよ、クソ野郎がっ!」

男が階段の途中で足を止め、振り返った。静かに澄んだ目で見上げてくるものの、謝罪の言葉はない。どこまでも虚仮(こけ)にしやがって。怒りに我を失った市ノ瀬政臣は、男に殴りかかろうと拳(こぶし)を握りしめたが、なぜか足が前に出ない。ふと目を凝らすと、男の右手に妙なものが握られている。赤くて細い、先の尖(とが)ったなにか。濡(ぬ)れている。市ノ瀬政臣は、無意識のうちに拳をひらき、自分の腹部に当てた。その掌(てのひら)が、赤い汁のようなものに染まった。急に足腰の力が抜け、階段にへたり込んだ。小柄な男は、満足したように微笑(ほほえ)むと、市ノ瀬政臣に背を向け、血塗(ちまみ)れの刃物を右手に握ったまま、北広場へと駆け下りていった。

岳山佳乃(たけやまよしの)はいつもと同じ朝を迎えていた。六時にセットしたアラームで目を覚ますと、顔を洗ってから作り置きのスープで朝食を済ませ、メイクと身繕いをしてマンションを出る。最寄り(もよ)の私鉄駅まで十分ほど歩き、各駅停車の電車に乗って二駅目の終点で降りる。いつもは会社まで地上の歩道を使うが、雨や雪の降る日だけでなく、きょうのように寒い日も地下街を通ることにしている。

　駅から階段を下りてそのまま地下街に入り、メインストリートを北へ進む。出口まで約四百メートルの距離を、人の流れに乗ってひたすら歩きながら、少しばかり考えごとをする。仕事のことではない。いま岳山佳乃の頭を占めているのは、今週末に参戦を予定している推しのライブだった。三カ月前にチケットを取ってからというもの、その日が来るのをなによりも楽しみにしてきた。大好きなアーティストに会えることが、自分に対する最高のご褒美だ。そのために仕事を頑張っているようなものだった。

　会社の入っているオフィスビルへ行くときは、地下街北端の西十二番口から地上へ出る。大半の人は同じ北端でも幅の広い東十二番口を使うので、北広場の奥まった場所にある西十二番口は、朝の通勤時間帯でさえ人影はまばらだ。東十二番口へ向かう人の流れから外れ、北広場を突っ切る岳山佳乃の耳に、怒号のようなものが聞こえたのは、午前八時三十五分のことだった。

　思わず足を止めて周囲に視線を走らせるが、とくに異常は見当たらない。ほかに足を止めている人もいない。空耳か。自分を納得させて目をもどしたとき、西十二番口の階段から駆け下りてきた男が、勢いそのままに迫ってくるのが見えた。岳山佳乃の身体と思考が、フリーズしたパソコンのように固まった。その一瞬を逃さず男が目的を果たし、風のように離れていった。

沼石達哉には同い年の妻と小学生の男の子がいる。学生のころから料理が趣味で、大学で妻と親しくなったきっかけも好きなパスタ料理の話題だった。いまでも週末の夕食は彼が担当することになっており、次の日曜日は妻のリクエストで本格的な中華料理を予定している。

沼石達哉の勤務する総合住宅機器メーカーの営業所までは、地下街の東十二番口を出て五分くらい歩く。いつものように人の流れに乗って北広場に差し掛かったとき、ふと左前方へ目をやると、十歩ほど離れたところに女性が一人、足を止めてこちらを見ていた。おや、と沼石達哉が感じる間もなく目を逸らし、西十二番口へ歩き出そうとする。ほぼ同時に、その西十二番口の階段から小柄な男が駆け下りてきた。

この時間帯、先を急ぐ人は多いが、走る人は滅多にいない。男の挙動はそれだけで不審を抱かせるものだったが、男はさらに、足を止めていた女性へまっすぐ向かいながら、右腕を大きく後ろへ振った。明らかに異様な動きだった。直後、その手に握られた禍々しい物体が、反動の勢いとともに女性の腹部へ吸い込まれていった。男はすぐに引き抜くと、沼石達哉へ視線を移し、身体を弾ませて足を踏み出した。その背後で女性が身体を折って崩れ落ちる。男が右腕を振り上げて襲いかかってくる。沼石達哉の脳裏に妻と子供の顔が浮かぶ。振り下ろされる刃物を咄嗟に通勤鞄で受けた。死にたくない。その思いだけで鞄ごと押し返す。男がバランスを崩してよろめく。

しかし刃物はまだその手にある。鞄は男の前に落ちている。もう身を守る楯はない。

「警察……警察っ、だれか警察を呼んでっ!」

沼石達哉は男から目を離さずに叫んだ。男がわずかに躊躇する様子を見せたあと、身を翻してメインストリートへ向かう。女性の甲高い悲鳴が上がった。地下街が騒然としはじめた。沼石達哉は足がすくんで動けない。歯がガチガチと鳴っている。


桑田美玖は、地下鉄駅の改札口を抜けてそのまま地下街に入り、メインストリートを南へ向かっていた。南端に近い西二番口から地上に出れば、会社の入っているオフィスビルは目の前だ。この地下街は空間の演出が巧みで、歩いているだけで心が弾むのに、いまはそこにクリスマスの装飾が加わり、さらに気分を盛り上げてくれる。桑田美玖にもイブの予定は入っていた。マッチングアプリで知り合った男性からホテルでのディナーに誘われているのだ。交際を始めて半年。たぶんプロポーズされるだろう。理想の結婚相手とは言い難いが、条件的には悪くないし、自分の年齢も年齢なので、このあたりで手を打つつもりでいる。

地下鉄駅から南へ三百メートルほど進むと中庭広場がある。西二番口の一つ手前に、二本のメインストリートを結ぶ形で設置されたこの休憩スペースには、南北の壁に沿って大理石のベンチが設えられているが、この時間帯で利用している人はあまり見ない。いまそのベンチの端に男が一人、腕組みをして座っていた。桑田美玖の注意を引いたのは、その風采だった。ツバのないニット帽も、体型にフィットしたジャケットも、革のパンツも、無骨な靴も、すべて真っ黒だったのだ。

　思わず「ださ」と鼻で笑った。聞こえたとは思えないが、その男が左耳を手で軽く押さえ、伏せていた目を上げた。脇（わき）に置いてあったバックパックを開け、なにやら取り出す。黒いカバーのようなものを外すと、鏡のような刃が現れた。男がそれを手に立ち上がったとき、男のいちばん近くにいたのが、桑田美玖の不運だった。男が駆け寄りながら突き出してきた太いナイフに、まったく反応できなかった。

　悪魔が踊っている。大貫不二子（おおぬきふじこ）の目にはそう見えた。真っ黒で大きな悪魔が、メインストリートを埋める人々の間を舞いながら、もの凄（すご）い勢いでこちらに向かってくる。夢でも見ているのか、と思いかけたが、渦巻く悲鳴と怒号を聞いて、これは現実だと知った。

　大変なことが起きている。いま自分は、その直中（ただなか）に置かれている。一瞬のうちに脳裏を過（よ）ぎったのは、今朝息子の弁当を作りながら流していたテレビ番組。占いで自分の星座は最下位だった。そういえば今年の初詣（はつもうで）のおみくじも大凶だった。そっちのほうが珍しいからむしろ運がいい、と息子に笑われた。たしかに、それほど悪い一年ではなかった。いまの人材サービス会社に再就職できたし、裕太郎（ゆうたろう）も第一志望の高校に合格した。大きな事故にあうことも病気で寝込むこともなかった。このまま母子二人、無事に年を越せると思っていたのに……。

いけない。とにかく逃げなくては、と自分を叱咤（しった）したが、遅かった。すでに悪魔は目の前にいて、その手にある刃の切っ先が、彼女の心臓に届こうとしていた。

バスターミナルを出て西七番口から地下街へ下りた道野忠典（みちのただのり）は、たちまち異変に気づいた。いつもより明らかに騒がしい。女性の甲高い歓声のようなものも遠くから聞こえてくる。広場あたりでテレビ番組の生中継をやっていて、人気タレントでも来ているのかと思ったが、それにしては漂ってくる気配が不穏すぎる。あれはタレントに浴びせる歓声ではなく、逃げまどう人々の悲鳴ではないのか。そう感じているのは自分だけではなさそうで、足を止めて不安げに周りを見る人が目につく。

地上へ引き返すことも考えたが、時間をロスするし、なによりこの寒空の下、あらためて信号待ちをして広い道路を渡るのは億劫（おっくう）だ。道野忠典の勤務する生命保険会社の営業所へは、このまま地下街を横切って東四番口から出るのがもっとも近い。地下の移動距離はせいぜい百数十メートル。早足で歩けば抜けるのに二分もかからない。行くか。道野忠典は、胸騒ぎを振り切って歩きだした。

西のメインストリートを南下し、最初の広い通路を左に折れ、東のメインストリートに入ってさらに南へ進む。悲鳴のような声はさらに大きくなっていた。しかも北と南の両方から近づいてくるようだ。間違いない。とんでもないことが進行している。周囲の人々もあきらかに浮き足だっている。道野忠典はたまらず駆けだした。やはり地上へ引き返せばよかった。いまはとにかく一刻も早くここから出たい。東四番口でなくとも、手前の東五番口でかまわない。しかし、あと少しというとき、短く鋭い破裂音が響き、東五番口の階段を人が転がり落ちてきた。

　石畳の上で動かなくなったその人の顔は、真っ赤に崩れて人相もわからない。続いて階段から姿を現したのは、濃いグレーのキャップに赤いジャンパーの男。手に持っているのは、散弾銃か。男はメインストリートに降り立ち、清々しい表情で周囲を見回してから、その銃口をゆっくりと道野忠典へ向け、引金を引いた。


　絶え間ない悲鳴の中に二発目の銃声が響いたとき、かろうじて踏みとどまっていた三瀬知成の思考が完全に吹き飛んだ。今日中に報告しなければならない卒論の進捗状況のことも、週末までに就職先へ提出する内定者課題のことも、どうでもよくなった。とにかくここから出たい。逃げたい。死にたくない。それだけが彼の身体を出口へと突き動かした。

　目に付いたのは西五番口。ひたすらそこを目指して走る。周りの人たちも殺到していく。階段を駆け上がろうとしたが、すぐに上が詰まった。下からも続々と人が押し寄せてくる。なのに一歩も進めない。早く出ろよ。もたもたするな。たちまち怒号が沸き上がる。やめろよ馬鹿野郎。ひときわ高い怒鳴り声の直後、前の人の背中がぐらりと揺れ、津波のように被さってきた。三瀬知成はまともに受けきれずにバランスを崩し、そのまま仰向けに倒れて後ろの人にぶつかる。揉みくちゃにされて自分がどういう体勢でいるのかもわからない。パニックに陥った人間の重量が全身に伸しかかってきた。潰される。悲鳴を上げようにも声が出ない。息もできない。三瀬知成は、圧迫に耐えきれずに折れる、自分の肋骨の音を聞いた。

＊

Ｓ市地下街における無差別テロ事件は、十二月十三日金曜日午前八時三十分ごろに発生し、午前九時七分に終結した。このわずか三十七分間に、犯人を除く死者十六名、警察官と犯人を除く重軽傷者四十九名を出した。

実行犯三名のうち、西十二番口から侵入した小坂井卓浩（二四）は、刺身包丁で三名を殺害、九名に重軽傷を負わせたのち、疲れて動きが鈍ったところを一般通行者四名によって制圧された。その際、頭の骨を折るなどのけがを負ったが、命に別状はない。

中庭広場に潜んでいた大寺源治（三七）は、アウトドアナイフで七名を殺害、十二名に重軽傷を負わせたのち、駆けつけた警察官によって制圧された。その際、警察官二名が、腕を切られるなどの軽傷を負った。

東五番口から侵入した溝谷清三郎（四二）は、散弾銃で四名を殺害、十五名に重軽傷を負わせたのち、警察官に射殺された。警察は、銃の使用に問題はなかったとしている。

また一般通行者が地上に逃げる際、出口付近の階段などで群衆雪崩が発生し、二名が圧死、十三名が肋骨を折るなどの重軽傷を負った。

警察関係者によると、実行犯の三名はネットを通じて知り合った。逮捕された小坂井卓浩と大寺源治は、事情聴取にも素直に応じ、二人とも「夢の国のためにやった」と動機を語っている。

2

きょう最後の患者は池多孝善（いけだたかよし）。四十四歳。かさいメンタルクリニックでの受診は初めてだ。主訴は強度の不安とのこと。きっかけは明白で、S市地下街での無差別テロ事件である。

事件が起きて早くも一週間が過ぎようとしていた。地下街という半閉鎖空間で起きたこの事件は、さまざまな意味で社会に衝撃を与えた。

一つはいうまでもなく死傷者の多さだ。実行犯一名を含めた死者十七名、実行犯一名と警察官二名を含めた重軽傷者五十二名は、史上まれに見る大惨事というしかない。日常のあらゆる場面が惨劇の舞台になり得る現実を、あらためて市民に突きつけた。

二つ目は、複数犯による計画的な凶行であったことだ。それまでも、単独犯による通り魔的な犯行ならばたびたび各地で発生していたが、三名が各自刃物や散弾銃で武装の上、広大な地下街を三方向から一斉に襲撃したようなケースはない。この周到さと容赦（ようしゃ）のなさは、社会に対する根深く巨大な悪意の存在を感じさせるものであり、ことさら市民を恐怖させた。

そして最も現実的なインパクトをもたらした三つ目が、実行犯である三名がエモーション・コントローラーを常用していたことだ。しかも生き残った二名は、動機として「夢の国」云々と供述している。これが世の中の空気を一変させた。葛西が犬崎理志の精神鑑定で唱え、散々批判されてきたエモコン原因説が、ついに切迫したリアリティを持ちはじめたのだ。統計データはまだないが、SNSなどの反応からは、エモコンの使用を控えるユーザーが増えていることが窺えた。一部の家電量販店の店頭からエモコンが撤去されたり、ネットオークションにエモコンが大量に出品されたりもした。行政やメーカーは未だ沈黙を守っているが、潮目は完全に変わったのだった。その余波は海外まで及び、家庭用エモコンが販売されていた国の多くでも、規制強化へ向けての動きが加速している。

自分もいつ事件を起こすか知れないと不安に苛まれ、メンタルクリニックに駆け込むユーザーも急増した。とくに葛西のもとには、わざわざ遠方から来院する人もいた。

池多孝善もその一人だ。

「とくに気になる症状は出ていないのですね。考えが勝手に進んでしまったり、〈夢の国〉という言葉が浮かんだりといった」

「自分ではそう思うんですが、自信がないんですよ」

しかし、S市地下街無差別テロ事件にだれよりも打ちのめされたのは、葛西であったかもしれない。十二月十三日の午前の診察が終わり、例によってカロリーメイトをかじりながらＳＮＳを開いたとき、タイムラインが騒然としているのに気づいて事件を知った。最初は〈夢の国〉症候群とは結びつけなかった。複数犯による計画的な犯行は、それまでの発症者によって引き起こされた事件の様相とは大きく異なるからだ。しかしその後、生き残った実行犯が「夢の国のためにやった」と供述し、さらに実行犯が全員エモコンのユーザーであったとの報道に触れたときには、気が動転して「あり得ない、あり得ない」と呟きながら部屋の中を歩き回った。これが事実なら、発症者には共謀する能力もあるということになる。〈夢の国〉症候群の症状を「負の感情の効率的な放出」と捉えるだけでは、このことを十分に説明できない。共謀するには、連携して効果の最大化を図るために、個の行動を一時的に抑制する必要がある。それが可能だということは、発症者には「負の感情の効率的な放出」より優先すべきものが存在することを意味する。しかし、それがどのようなものか、まったくわからない。すべてが振り出しにもどった感さえあった。

そして、現実をようやく受け止めた葛西を、次に襲ったのは無力感だった。エモーション・コントローラーの危険性に真っ先に気づきながら、今回の惨事を止められなかった。〈夢の国〉症候群によるものと思われる事件も増える一方だ。自分はなんの役にも立てていない。それどころか、自分のしたことが逆効果だった可能性すらある。ＳＮＳで〈夢の国〉という言葉を繰り返し使ったせいで、それを目にしたユーザーの発症を誘発してしまったかもしれない。考えるほどに、もっとやれたこと、やるべきことがほかにあったのではないかと、頭を掻きむしりたくなった。

「思い上がらないこと」

そんな葛西の頭を冷やしてくれたのも、やはり古都音だった。

「幸太郎一人であのテロを防げたかもしれないと、本気で思ってるの？」

いつになく真剣な眼差し(まなざし)で葛西を窘め(たしな)た。

「人間一人でやれることは知れてる。自分にできることは限られてるってことを、まず自覚しましょ。その範囲でやれることを精一杯やるしかない。百点満点の結果なんて、だれも出せないよ。〈夢の国〉症候群については、まだまだわからないことが多い。仮説や予想が外れるのは当たり前。修正や試行錯誤を繰り返しながら、少しずつ真実に近づいていくんだから。現時点でわからないことはわからないものと受け止めて、その上で、目の前のことに最善を尽くすしかないんじゃない？」

そしていま、葛西の目の前には池多孝善がいる。

「エモコンの使用を止め(や)たのであれば、まず心配いらないと思いますよ」

「そうでしょうか」

池多孝善は、自分が犯罪者になることを心の底から恐れているようだった。思い当たる節があるのかもしれない。たとえば、日頃から殺したいほど憎く思っている相手が身近にいるとか。

「具体的に、どのようなことが心配なのですか」

「具体的にどうってわけでは」

歯切れが悪い。

「エモコンは、まだ手元に？」

「はあ」

「やはり捨てられませんか」

うつむいて黙り込む。

ぽつりと呟く。

「これ、依存症でしょうかね」

エモコンに依存性はないとされているが、使ったときの解放感をいったん味わうと簡単には手放せない、という話はよく聞く。

「薬物の依存症では、頭痛や不眠、倦怠感、極度の苛立ちといった離脱症状が出ますが、池多さんにも同じような症状が？」

「いや、そういうのは。とにかく不安ですかね、感じるのは」

「自分がまたエモコンを使うかもしれないという不安ですか」

池多孝善が顔を上げた。

しばらく葛西の顔を見つめてから、力なくうなずく。

「そうかもしれない」

「ということは、エモコンを処分すれば、いまの不安からは解放されますね」

池多孝善は無言。葛藤しているのだろう。

「エモコンを使うきっかけは、なにかあったのですか」

葛西は、答えやすい質問に変えた。

「はあ、やっぱり仕事のストレスですかね。毎日会社に行くのに気分が重くて」

本来ならストレスの元をどうにかしなければならないのだが、この場合、発症を防ぐためにも、まずエモコンを手元から遠ざけることを優先すべきだろう。そのためには、応急処置としてではあるが、エモコンなしでもストレスに対処できることを実感してもらう必要がある。

「向精神薬は使いたくないとのことでしたが、漢方薬はいかがですか」

「漢方ですか。効くんですかね」

「医薬品ですから効果はあります」

「それなら、まあ」

「では、不安を抑える漢方薬を処方しておきます。それで様子を見てみましょう。合わないと感じたときは、いったん服薬を止めて、連絡してください。電話でもメールでも、どちらでも構いません」

「あの、先生」

池多孝善が息を吸った。

「やっぱり捨てたほうがいいんですかね、エモコン」

葛西は力を込めてうなずく。

「そのほうが安心できます。少なくとも、自分が知らないうちに罪を犯す危険はなくなりますよ。池多さんはまだ発症していませんから」

「発症してしまったら、手遅れなんですか」

「エモコンの使用を止めても、症状が消えるまで二カ月くらいかかることもあります」

「二カ月……」

「だから、まだ症状の出ないうちに、止めたほうがいいんです」

池多孝善は、わかりました、といって診察室を後にした。


無差別テロ事件の直後から、葛西のSNSアカウントにもエモコン・ユーザーからの相談が大量に寄せられている。葛西は、一日の診療が終わったあとも、時間の許すかぎりそれらの相談に応(こた)えているが、この作業はいつも〈Leafstalk〉にダイレクトメールを送信することから始まる。電車の中で見かけて気になっている女性を殺すかもしれない、と訴えてきた彼だ。

「その後、いかがですか」

あれから毎日メールを送っているが、返信はない。それでも葛西は送り続ける。この一通が彼を、そして彼が殺意を向けているだれかを救うかもしれないのだから。

3

「その後、いかがですか」

このところ平日の午後六時ごろに必ず着信するのは、ユーザー名〈精神科医ＫＫ〉からのダイレクトメールだ。その時間の神谷葉柄は、まだ会社に残っているか帰路の途上だが、気づいたところで返信することはない。返信したくても、できないのだ。

精神科医ＫＫのいわゆる「中の人」が、エモーション・コントローラーの危険性を法廷でいち早く指摘した人物であることは、周知の事実となっている。エモコンの使用を止めるようＳＮＳで発信するだけでなく、ユーザーからの相談にも親身になって応えていた。だから神谷葉柄はあの日、思い切ってダイレクトメールで助けを求めた。精神科医ＫＫは丁寧に応対してくれた。しかし、テキストのやりとりをしている途中で、神谷葉柄に異変が起きた。意思が身体に伝わりにくくなった。考えることはできるのに、それをうまく表現できなくなったのだ。まるで、心と身体を接続する流れが、少しずつ絞られていくようだった。やがて神谷葉柄の心は、完全に身体と切り離された。それからというもの、神谷葉柄とは別の思考、思考Ｂとでもいうようななにかが、彼の身体を支配するようになった。いや、それも彼自身の思考ではあるのだ。しかし、その思考Ｂは、彼の意思とは関係なく、勝手に情報を処理し、勝手に判断し、勝手に身体に命令を下すのだった。

　職場の上司である津田和久は、神谷葉柄の異変には気づいていないようだった。表面上は相変わらず素っ気なく、たまに様子を気遣う言葉をかけてくるが、思考Ｂの無難な対応に不審を抱いた様子はなかった。

　ときおり思考Ｂが弱まり、心と身体の接続が一時的に回復することもあった。想定外の事態に遭遇したときによく起こった。おそらく思考Ｂでは対処しきれないからだろうが、それも長くは続かない。いったん事態を受け止め、思考Ｂでも対応可能な状態になると、すぐに接続が切断された。

　それでも神谷葉柄は、身体のコントロールを取りもどせるその短い時間の中で、エモコンを処分せよとの精神科医ＫＫの忠告を拠り所に、懸命の抵抗を試みた。そして四日前、ついにエモコンのイヤホン型ＢＷＩを踏み潰し、使用不能にすることに成功した。

　しかし、まだ思考Ｂは消えない。いまも彼の身体を支配しているのは、彼ではない。精神科医ＫＫにすぐに返信しろ。助けを求めろ。神谷葉柄の意思が必死に訴えても、身体へのアクセスは拒否されたまま放置される。

　この日、神谷葉柄の身体は、仕事から帰宅すると、まずクローゼットの扉を開き、着替えもせずにそれを手にした。通販で注文して三日前に届いたばかりの、折り畳みナイフだ。長さ十センチ、幅二センチ、厚さ一センチほどのハンドルはウッド製。上から添えるように握り、人差し指を先端の突起部に掛け、勢いよく手前に倒すと、銀色に鈍く光るブレードが羽を広げる。刃渡りは八センチ。切っ先に向かって艶めかしい曲線を描く、美しくも禍々しい鋼の刃は、見ているだけで鳥肌が立つ。片手で持ったまま親指でロックを外し、人差し指で押し込むようにしてブレードを閉じる。ふたたび突起部を引き倒して開く。閉じる。開く。閉じる。操作するたびに、カチ、カチ、と小気味よい音がする。だいぶ手にもなじんできた。いまでは目を瞑っていても、右手だけでブレードの開閉ができる。カチ。カチ。カチ。

指の準備運動を終えた神谷葉柄は、ブレードを閉じてスラックスの右ポケットに入れ、左手で吊革を持つ格好をする。いま彼は朝の電車の中にいる。彼の目には、同じように吊革を握る〈氷の君〉の姿が見えている。むろん偽者だ。神谷葉柄は、吊革から手を離し、彼女のほうを見ないようにしながら、じりじりと近づく。周りの乗客が睨んできても無視だ。焦ってはいけない。彼女に気づかれてはいけない。残り一メートルくらいで止まり、スラックスのポケットに手を忍ばせてナイフを握る。背後に彼女の気配を感じながら、ひたすらタイミングを待つ。そして次の駅が迫り、電車が減速を始めると同時に、ポケットから手を出してブレードを開き、振り向きざまに突き出す。刃は彼女の体内に深く沈み、その生命を吸い尽くす。

神谷葉柄はブレードを閉じ、最初から同じ動作を繰り返す。近づく。待つ。突く。近づく。待つ。突く。一連の流れを何度も反復する。その瞬間が来たとき、なにも考えずとも身体が動くように。決行は明日。いや明日は土曜日か。会社はない。しかし月曜日まで待ちきれない。ならばマンションまで出向けばいい。そのために場所を突き止めたのだから。外で待ち伏せして、出てきたらやろう。出てこなかったらまた翌日。それでいこう。すべては夢の国のために。

やめろ。やめろ。やめろ。堪えきれずに心が叫ぶ。そんなことをさせてたまるか。人殺しなんかさせてたまるか。しかし、そんな声を無視して、神谷葉柄の身体は凶行の練習を執拗に続ける。近づく。待つ。突く。近づく。待つ。突く。やめろ。やめろ。やめろ。近づく。待つ。そしてブレードを開いて突き出すとき、心の叫びがわずかに身体の連携を狂わせたのか、ナイフが手から離れて宙を舞った。刃をぎらつかせ、回転しながら落ちていくその先には、自分の足。悲鳴を上げて退いた。間一髪で床に刺さる。思わず安堵の息を吐き出した。そして気づく。

コントロールが回復している。身体を思いどおりに動かせる。どうやら思考Bは、想定した動きから外れたナイフに対処できず、身体の支配権を放り出したらしい。しかし消えたわけではない。事態が落ち着けばすぐにもどってくるだろう。そうすればまた身体へのアクセスが遮断される。時間はない。

神谷葉柄は、床からナイフを引き抜いて両手で握り、切っ先を自分の喉に当てた。目を瞑った。これでいいのだ。これで、あの人を殺さずに済む。だれも傷つけずに済む。罪を犯さずに済む。握る手に力を込める。大きく息を吸った。両親の顔が浮かぶ。津田和久の顔が浮かぶ。〈氷の君〉の横顔が浮かぶ。「神谷です」誇らしげに名乗る自分の顔が浮かぶ。「へえ、君、神谷くんっていうの。芸能人みたいでカッコいいね」そういってくれた綺麗な女の人の顔が浮かぶ。自分の口から雄叫びのような声が噴き上がった。その声が途切れ、荒い呼吸が残る。神谷葉柄の手はまだ動かない。ただ震えている。なぜやらない。喉を一突きするだけだ。迷っている暇はない。身体のコントロールもまだできている。なのに、なぜやらない。

涙があふれた。

怖い。刃で自分の喉を切り裂くことが。自分の命を終わらせることが。死ぬことが。もう生きられないという、たったそれだけの事実が、泣きたくなるほど怖い。すべてから逃げたい。なにもかも捨てて逃げたい。とにかくこの状況から逃げたい。

ならば、と心の声が問う。

おまえは、自分の手であの人を殺すことになっても、いいのか。

神谷葉柄は、目を開けた。

天井を見据えながら、静かに息を吸った。

「いいわけ……ねえよなあ」

ほんの数秒、心の中を空白にしてから、ナイフの切っ先を自分の喉に押し込んだ。

つもりだったが、手は動いていなかった。

(くそ。もたもたしてるから)

思考Bがもどってきていた。

しかし、接続は完全に切れてはいない。

腕以外はなんとか動かせる。

神谷葉柄はブレードを切っ先から口にくわえた。わざと身体のバランスを崩して前に倒れる。このまま床にぶつかれば喉の奥に突き刺さる。自分にしちゃ上出来。重力による加速を感じながら目を閉じた。顔に衝撃が弾(はじ)けた。

まだ意識があった。身体を起こした。口のあたりを拭(ぬぐ)うと、真っ赤な血が付いた。しかしそれは、顔面を強打したための鼻血だった。唇もかなり切れていた。ひりひりと痛みだした。

ナイフ。刃を剝(む)き出したまま、部屋の隅に転がっていた。

思考Bが、寸前で投げ捨てたのだった。

4

ベッドに横になった遠藤マヒルは、明かりを消す前にもう一度スマホを手に取り、多村楓と交わしたテキストを読み返す。

「じゃあ十九時に前回と同じ場所でね」

「うん、楽しみー」

明日だ。

明日、わたしは決着をつける。

もう二度と、あんな思いをしなくて済むように。

この日のために用意したそれは、すでにバッグに入れてある。

楓は、どんな顔をするだろう。

5

「とつぜんのお願いにも拘わらず、このように対応していただき、感謝いたします」

モニター画面に映し出されたのは、穏やかな顔に知性を漂わせた男性だった。年齢は五十歳前後。眼鏡がよく似合っており、肌の色艶（いろつや）もいい。

「どうかお気になさらず、長澤（ながさわ）先生」

葛西幸太郎のもとに眞鍋検察官から電話が入ったのは、仕事を終えてクリニックを出る直前のことだった。

『どうもご無沙汰（ぶさた）してます、葛西先生』

「鑑定依頼なら無理ですよ」

『いや、きょうはそうじゃないんで。先週、S市で無差別テロがありましたでしょう』

「地下街で起きたやつですね」

『そのS市を管轄する検察から問い合わせがありましてね。犬崎理志の精神鑑定を担当した先生を紹介してほしいと』

「テロリストの精神鑑定を私にさせようってわけじゃないでしょうね」

これは半分冗談だった。まずS市とは距離が離れ過ぎている。鑑定留置の場所を、鑑定人の居住地に近い拘置所にしてもらうこともできないわけではないが、この場合、あまり現実的とはいえない。

『まさか』

と眞鍋検察官も笑った。すぐに声を引き締め、

『担当検察官が、ある先生に実行犯の本鑑定を打診してるんですが、その先生から、諾否を回答する前に、犬崎理志の鑑定を担当した方のお話を伺いたいと相談されたそうなんで』

なるほど。被疑者がエモーション・コントローラーの常用者で、動機として「夢の国」と口にしているとなれば、犬崎理志のケースは無視できない。事前に情報を仕入れるという行為は、一歩間違えば先入観や偏見に繋がりかねないが、現状、〈発症者〉の知見はただでさえ乏しいのだ。その中で正確な鑑定をしようと思えば、貴重な前例について可能なかぎり知っておくことは必須でさえある。しかし、そのためにわざわざ担当鑑定人に話を聞くというのは、なかなかできるものではない。仕事に対する真摯な姿勢と、謙虚な人柄が窺える。

「わかりました。それなら早いほうがいいですね」

というわけで、その日の夜のうちに、葛西は自宅マンションの一室で、S市在住の精神科医・長澤克彦とオンラインで顔を合わせることになったのだった。朝型の古都音はすでに就寝している。

「事情は眞鍋検察官から伺っています」

「たいへんな事件ですから、引き受けたいとは考えているのですが、かなり特殊な背景のあるケースのようなので、はたして私の経験が通用するのか不安を覚えまして、葛西先生にぜひご教示をいただければと」

これは謙遜だ。長澤克彦医師は現在、大学付属病院の神経精神科で部長を務めており、精神鑑定のキャリアも葛西より長い。

「私などでお役に立てるかどうかわかりませんが」

「さっそくで恐縮ですが」

長澤医師が手元にちらと目を落として、

「葛西先生は、犬崎理志さんの精神鑑定で、事件当時は心神耗弱の状態にあり、エモーション・コントローラーを常用していたことが原因であると指摘されました。その結論に至った主な理由として、心理検査、鑑定留置期間における言動の変化があったとされています。この点について、具体的に教えていただけますか」

　なにを聞かれるかは予想できたので、葛西も準備に抜かりはない。まず、犬崎理志に対して行った四つの心理検査について話す。長澤医師も精神鑑定のベテランだ。いちいち説明するまでもなく、それがどのような意図で組まれた検査なのかを見抜き、判明した結果の異様さも瞬時に理解したようだった。とくにＭＭＰＩで極端にフラットなプロフィールパターンが現れたことには、信じられないといいたげな表情で黙り込んだ。

「この時点で、私は一つの仮説、それもかなり突飛な仮説を立てました」

　犬崎理志の自我は〈なにか〉に抑え込まれているのではないか。

　すなわち、精神寄生体仮説だ。

「精神寄生体？」

　さすがに長澤医師も戸惑いを隠さなかった。この仮説のことは、眞鍋検察官に提出した精神鑑定書や、法廷でのプレゼンでは触れていない。

「もっとも、あくまで病態を理解するための仮想的な道具として利用できるのでは、と考えただけですが。たとえば――」

　葛西は、精神寄生体の概念を用いて、樹木画テストでだけ病的な反応が得られた理由を説明してみせた。犬崎理志の自我は精神寄生体によって抑え込まれていたが、心理的抵抗の少ない樹木画を描くときにだけそれが緩み、本来の自我が顔を出した。あの切り株は、無力な状態にあった彼の自我そのものである。

「たしかに、筋は通ってますね」

とはいうものの、長澤医師の顔には依然として疑念の色が濃い。

無理もない。

葛西は、ここでは精神寄生体に深入りせず、話を前に進める。

次に紹介したのは、弁護人の玉城大智が調べ上げたデータだ。

「この資料では、動機が了解不能な事件の発生件数が家庭用エモーション・コントローラーの出荷台数と相関関係にあること、そして被疑者の九割以上がエモーション・コントローラーの常用者であったことが示されていました。もちろん犬崎理志もエモコンのユーザーでした。これらのことから、エモーション・コントローラーが事件と無関係であるとは考えにくい。しかし、これだけではエビデンスとして弱いことも否めません。そんなときに、鑑定留置中だった犬崎理志の態度が急変しました。それまでの無反省で不遜な態度が消え、自らの行為と置かれた状況に混乱し切っていたのです。おそらく、これこそが犬崎理志の本来の姿であったと思われます。しかし、その後、本人の強い希望でエモコンを使用するとたちまち無反省で不遜な態度が現れ、使用を止めるとやはり本来の姿にもどりました」

長澤医師が右手で口元を覆いながら唸(うな)った。

「以上の事実を総合的に勘案すると、犬崎理志は事件当時、本来の自我が十分に機能していたとはいえず、自らの意思で思考や行動を制御することが困難な状態にあった、そしてその原因がエモーション・コントローラーである可能性はきわめて高いと考えられます」

長澤医師が、頭の中を整理するようにうつむく。

息を吸いながら顔を上げ、

「犬崎さんの供述にあった〈夢の国〉という言葉についてはどうでしょう。今回のテロの実行犯も同様の供述をしていると聞いています。ほかの事件でも被疑者が〈夢の国〉を動機として語っているケースが続出している。これをどう捉えたらよいとお考えですか」

「犬崎理志の弁護人を務めた先生は、これを一種の精神疾患だと考え、〈夢の国〉症候群と呼んでいました」

「〈夢の国〉症候群、ですか」

「その先生がいうには、この〈夢の国〉症候群の本質は、罪悪感の消失にある」

葛西は、玉城大智が唱えた説の要点を話した。

「罪悪感なしに不快なものを排除する、という行為がまずあり、その行為をもっともらしく説明するために〈夢の国〉という概念が後付けされた。おそらく〈夢の国〉である必然性はなく、後付けの理屈として最も使いやすいワードがたまたま〈夢の国〉だった、ということではないかと」

「その〈夢の国〉症候群の原因がエモーション・コントローラーというわけですね」

「ところが、ですね」

葛西は一呼吸おいて続ける。

「その後、この仮説に反するケースに遭遇したのです。つまり、エモコンの使用歴がないのに、〈夢の国〉症候群を発症しているとしか思えないケースです」

葛西は、弓川昌年の事例を紹介した。

「エモコン原因説は間違っていたかとも思いましたが、そうなると被疑者の九割以上がエモコン使用者であったというデータとの整合性がとれません。かといって、このケースで〈夢の国〉症候群を除外することも難しい。そこで私は、さきほども触れた精神寄生体の概念を使って説明できないかと考え、一つの仮説にたどり着きました」

長澤医師が、真剣な顔で聞きながら、猛然とメモを取っている。

「その仮説はこうです。エモコンからヒトへ感染した精神寄生体は、ヒトの中で変異を起こし、ヒトからヒトへ感染する能力を獲得した」

長澤医師の手が止まった。表情も固まっている。

「ヒトからヒトへ。それでは、まるで……」

視線を揺らしながら言葉を探している。

「自然界の病原性ウイルスと同じではないですか」

「まさに。こうなると、精神寄生体ではなく、サイコ・ウイルスとでも呼びたくなりますが」

「……サイコ・ウイルス」

このような非現実的な概念など、普通なら即座に拒絶されてもおかしくないが、長澤医師は柔軟な思考の持ち主なのだろう、懸命に呑み込もうとしている。

「それは、今後も変異し続けるとお考えですか」

「その兆候はすでに出ていると、私は見ています」

長澤医師が眉を上げる。

「まさか、それが……」

「はい。今回の、地下街無差別テロです」

長澤医師が吐息を漏らしながら、思い詰めるような眼差しを宙へ向ける。さすがに呆れたのだろうか。

「続けても、よろしいでしょうか」

葛西が控えめに尋ねると、気合いを入れ直すように背筋を伸ばした。

「お願いします」

葛西は胸をなで下ろし、では、と言葉を継ぐ。

「S市の地下街における無差別テロ事件では、実行犯はいずれもエモコンの常用者だったとされていますから、彼らに感染していた精神寄生体、いえ、もうサイコ・ウイルスとしましょうか、彼らに感染していたサイコ・ウイルスには、ヒト－ヒト感染を起こす能力は確認できません。一方で、過去に〈夢の国〉症候群の発症者が起こした事件は、いずれも単独犯によるものであり、複数で共謀した例はありません」

「なるほど」

長澤医師が、自分の理解に間違いはないか確かめるように、言葉を並べていく。

「今回の実行犯に感染していたサイコ・ウイルスは、共謀して目的を果たす能力を新たに獲得した変異体である、ということですか」

「その可能性を考えるべきだと思います」

「しかし、それでは」

長澤医師の口調が熱を帯びはじめた。

「この能力がさらに発達していけば、もっと大人数の集団行動も可能になる。罪悪感を持たず、〈夢の国〉のためならば殺人すら厭(いと)わない集団が誕生するかもしれない、ということになりませんか」

はい、と答えるしかない。

「それはもうカルトと区別がつかないのでは」

「おっしゃるとおりです」

「これからも今回のような、いや、今回以上のテロが起こると?」

「短期的には、その恐れはあるといわざるを得ません」

長澤医師が言葉を失う。

「ですが、私は必ずしも現状を悲観していません」

「……その理由を、お聞かせ願えますか」

「エモコンは、ユーザーの負の情動を消去するのではなく、心がアクセスできない場所に隔離しているだけだと私は考えています。しかし、過度に溜め込まれた情動は、心そのものを破壊しかねない。よって、心の崩壊を回避するために、緊急避難的に情動のエネルギーを放出する必要に駆られた結果、引き起こされたのが〈夢の国〉症候群である。そしてサイコ・ウイルスは、その一連のプロセスを効率的に遂行する役割を担い、一例としてユーザーの罪悪感を麻痺させている、というのが、現段階における私の仮説です。ここまで、よろしいでしょうか」

「続けてください」

「つまり、〈夢の国〉症候群の発症の程度は、溜め込まれた情動の強さに依存する。エモコンのユーザーは、機械的に情動を抑え込んでいるため、心を破壊しかねないほど異常な量の情動を溜め込んでいます。だから、いったん発症すると、傷害や殺人といった重罪を起こしやすい。しかし非ユーザーには、そのような異常な量の情動は溜め込まれていません。発症したとしても軽症で済み、発症期間も短いことが期待できます。実際、さきほど紹介した非ユーザーのケースも、人身に危害を加えてはいません。ヒト－ヒト感染によってサイコ・ウイルスが広がったとしても、今回のような大規模なテロの原因にはなりにくいのでは、と考える理由です。大きな事件が起きるとすれば、エモコンのユーザーが発症した場合に限られますが、エモコンの使用者自体が減りはじめている現状では、事件の発生件数もいずれは減少に転じるのではないでしょうか」

自嘲するように付け加える。

「いささか楽観に過ぎるかもしれませんが」

長澤医師が首を横に振った。

「楽観したくもなります」

互いに笑みを交わす。

「いまの私がお伝えできるのは、このくらいです」

「たいへん参考になりました。私一人では、ここまで考えが及ばなかったでしょう」

長澤医師が表情を改める。

「葛西先生は、犬崎理志さんが心神耗弱にあったと鑑定されましたが、今回の無差別テロの実行犯が発症者だとして、彼らの責任能力についてはどうお考えですか。最後に、率直なご意見をお聞かせいただけるとありがたいのですが」

「私は、共謀の有無が一つのポイントだと考えています」

長澤医師が同意するようにうなずいた。

「いくらサイコ・ウイルスに感染した状態だったとしても、共謀の事実がある以上、責任能力を軽く見ることはできないと思います。それこそ、カルトに洗脳されていたことが免責の理由にならないのと同じように」

「わかりました」

長澤医師が晴れやかな顔でいった。

「きょうは遅くまでありがとうございました。いずれお礼をさせてください」

「お気遣いなく。お役に立てればなによりです」

後日、葛西は、長澤克彦医師が本鑑定の依頼を受諾したことを、眞鍋検察官から伝え聞くことになる。

6

上唇の左端に近いところが、一センチほど切れている。赤黒い塊が傷口を塞いでいるが、まだ乾いておらず、いつ血が溢れてきてもおかしくない。この程度で済んだのは運が良かった。口に入れたナイフを無造作に引き抜いたのだ。下手をすれば唇がなくなっていた。

神谷葉柄は、洗面台の鏡と向き合いながら、開封した滅菌ガーゼを傷に当て、テープで留めた。この救急キットは、実家を出てアパートに引っ越すとき、親が持たせてくれたものだ。いままで必要なかったので、段ボール箱に入れたままクローゼットの奥に押し込んであった。

ガーゼの上から、大きめの不織布マスクを付けた。血が滲みさえしなければ、外から見てもわからない。強打して赤く腫れたままの鼻も、これで隠せる。人混みの中で目立つこともないだろう。

もう一度、鏡の中の姿を点検する。仕事に着ていく灰色のスーツ。地味なネクタイ。そしてネイビーのハーフコート。白いマスクをした、どこにでもいるサラリーマン。ただし、コートのポケットには折り畳みナイフ。手を忍ばせて握り、取り出すと同時にブレードを開く。カチ。親指でロックを外してブレードを畳み、ふたたびポケットに収める。

行こう。

中身の入っていない通勤鞄を拾い上げ、アパートを出た。

駅までの途上、いつものコンビニに立ち寄り、ゼリータイプの携帯食を三つ買った。駅に着くとトイレのボックスに入り、そのうちの一つで朝食をとった。マスクをしっかり付け直してからトイレを出て、会社へ行くときとは逆方向のホームに立つ。ほどなくやってきた電車に乗り、二駅目で降りた。

改札口を抜け、階段を使って地上へ出ると、冷たい空気と街のざわめきに包まれた。片側二車線の街道。歩行者用の青信号を知らせる音響。目の前のコンビニに入った。入店音が鳴る。中を一回りする。客は数人。あの女、〈氷の君〉の偽者はいない。そう簡単に出会えるとは思っていない。なにも買わずに店を出る。また音が鳴る。歩道に立つ。ここに来るのは二度目だ。道は覚えている。迷うことなく銀杏(いちょう)並木の下を進んでいく。すぐ右手に見えてきたのは郵便局。一部営業しているようだ。それを過ぎたところが警察署。もちろん土曜日だろうが関係ない。ガラスの自動ドアの向こうでは、職員が忙しそうに働いている。いま建物の前を通り過ぎていく男が、折り畳みナイフを隠し持っていて、これから人を殺そうとしているとは、夢にも思っていないだろう。

　足が止まった。止めたつもりはなかった。早くここから離れたいのに、足が前に出ない。頑(かたく)なに動こうとしない。舌打ちをした。ナイフの練習を邪魔した奴が、また悪さをしている。しかし、この状況はよくない。警察署の前でいつまでも立ち止まっていると、さすがに怪しまれる。職務質問で所持品検査でもされたらお終(しま)いだ。ナイフが見つかって銃刀法違反で逮捕される。偽者を排除できなくなる。それはだめだ。消えろ。消えろ。さっさと消えてしまえ。頭の中を圧(お)し潰すように意識すると、足を縛っていたものが外れ、ようやく前に動いた。二度と邪魔をするな。

　歩道沿いに並ぶのは、薬局、中華料理の店、コインランドリー。前方のマンションの屋上には、美容整形外科の大きな看板。ＡＩで出力したような美女が微笑んでいる。

　小さな交差点を越えた脇道に、目印にしていたコーラの自販機を見つけた。ここだ。脇道を入ると、左手に五階建てマンションが現れた。少し離れた場所から、その部屋を見上げる。三階、手前から二つ目。まだあの中にいるのか。それとも、どこかへ出かけて、いないのか。どちらでもいい。コーラの自販機までもどった。一カ所にじっとしていると目に付く。通報されないよう、周辺を適当に歩いて待つ。〈氷の君〉の偽者が姿を現すのを、ひたすら待つ。部屋にいるのなら、出かけるのを待つ。いないのなら、帰ってくるのを待つ。そして……。

神谷葉柄は、歩きながらコートのポケットに手を入れ、折り畳みナイフを握りしめる。

*

目は覚めたものの、布団から出る気になれない。ぐずぐずと惰眠を貪(むさぼ)り、尿意の力を借りてベッドを抜け出したときには、すでに正午を回っていた。用を済ませたあと、口をよく漱(すす)いでから、浄水器の水をカップに注いで一気に飲む。渇いた身体に清冽(せいれつ)が染み込んでいく。飲み終えて、ほうと息を吐いた。ブランチはいつものトーストとコーヒー、そしてプレーンヨーグルト。ヨーグルトには蜂蜜(はちみつ)をかける。スマホのスピーカーで小さく音楽を鳴らしながら、ゆっくりと味わう。

窓のカーテンは明るく光っている。外は日射(ひざ)しが強そうだ。天気予報によると、きょうは晴れときどき曇り。日中の最高気温は八度。夜は三度くらいまで下がるが、氷点下にはならない。風も穏やかで、過ごしやすい一日になるという。

食器の後片づけと歯磨きを終え、シャワーを浴びたり、ドライヤーで髪を乾かしたり、洗濯ものを室内に干したりしているうちに、時間は迫ってくる。衣服を選び、着替え、メイクを施し、バッグを手にして姿見の前に立ったときには、待ち合わせの時刻まで一時間を切っていた。前回は仕事着のパンツスーツのまま会いに行ってしまったが、きょうはツイードのジャケットとデニムパンツだ。最後にハンドバッグの中身をもう一度確認してから、ローファーを履き、遠藤マヒルは部屋を出た。

＊

トイレを使うために地下鉄駅までもどり、ついでに三つ目の携帯食を胃に流し込んだ神谷葉柄だったが、ふたたび地上へ出たところで足が鈍った。

とうに日は沈み、空は紺色に染まりつつある。片側二車線の街道を流れるヘッドライトが目に痛い。きょう一日、マンションの近辺で粘ったが、無駄骨に終わった。片時もマンションから目を離さなかった、というわけではないので、気づかぬうちに逃げられたのかもしれない。それならそれでいい。また明日がある。明日も空振りなら月曜日だ。月曜日には通勤電車で会える。確実にやれる。きょうはもういい。帰ろう。帰って——。

待て。

地上に背を向け、階段を下りようとした疲れた身体を、意思の力で引き留めた。

まだ六時を回ったばかりだ。一日は終わっていない。なぜ帰ろうとする。……また奴か。きのうから邪魔ばかりしている。先延ばしにさせて時間切れを狙うつもりか。そうはいかない。やるべきことはやる。偽者を必ず排除する。すべては夢の国のために。

神谷葉柄は、歩道に進み、銀杏並木の下を歩く。街灯に照らされた歩道には、昼間よりも人通りが多い。行き違う一人一人の顔をそれとなく確認しながら、マンションを目指す。どこからともなく香ばしい匂（にお）いが漂ってくる。郵便局を過ぎ、警察署の前に差し掛かったとき、向こうから歩いてくる人影の一つに、神経が反応した。

いつも電車で見かける服とは違うが、背格好が似ている。ときおり左手に持ったスマホに目を落とし、大股（おおまた）で颯爽（さっそう）と歩く様にも見覚えがある。神谷葉柄は目を伏せ気味にして、注意深く観察する。見る間に距離が狭まる。顔がはっきりとわかる。間違いない。〈氷の君〉の偽者だ。

神谷葉柄はコートのポケットに手を入れた。折り畳みナイフを握った。願ってもないチャンス。もう警察署の近くだろうが構わない。駆け出しそうになる足を抑えながらタイミングを計る。間合いに入ったら、ポケットから取り出すと同時にブレードを開き、すれ違いざまに刺す。何十回も練習した。失敗はない。

偽者はもう目の前。なにも知らずにスマホを見ながら歩いてくる。隙（すき）だらけだ。やれる。あと三歩。二歩。一歩。ポケットからナイフを引き抜く。寸前、背後で警報のような音が鳴り、思わず手を止めて振り返った。

警察署の建物の陰から、赤色警光灯を点（とも）したパトカーが現れた。スピーカーから注意を促すアナウンスが流れる。街道を行き交う車両が速度を落として停止する。サイレンをひときわ大きく響かせたパトカーが、街道に出て加速しながら走り去る。赤い警光灯が遠ざかって辺りに喧噪がもどり、神谷葉柄が前に向き直ったとき、そこに偽者の姿はなかった。

どこへ行った。探す。探す。探す。見つけた。郵便局の前を歩いている。もうあんなところに。逸って駆け出そうとする身体を、地面を踏んで押し止めた。ここで走れば注意を引いてしまう。気づかれる。この方向。おそらく地下鉄に乗るのだろう。チャンスはまだある。焦ることはない。

神谷葉柄は、彼女の背中を見失わないよう歩調を早め、後を付いていく。

*

遠藤マヒルは、地下鉄の改札口を通ってホームに立ち、入ってきた電車に乗った。土曜日のこの時間に使うことはあまりないが、思ったよりも空いていて、席に座ることができた。

スマホを操作して曲を変える。ワイヤレスのイヤホンは充電したばかりなので、バッテリーの残量は気にしなくていい。若くきらきらとした歌声が鼓膜に響いてくる。高校のとき夢中になったアイドルグループ。最近はあまり聴かなくなっていた。あのころのことが脳裏に蘇って胸が苦しくなるから。でも、きょうは違う。きょうからは、違う。

*

電車なら好都合だと思っていた。これまでの練習では、電車の中で実行することを想定していたから。しかし〈氷の君〉の偽者を追って地下鉄に乗ったとき、すぐ誤りに気づいた。朝の通勤時より乗客がはるかに少ない。計画では、吊革に摑まる偽者に、ほかの乗客に紛れて近づくはずだったが、彼女はすでに座席に腰を下ろし、吊革を握っている人も数えるほどしかいなかった。しかも、その数少ないうちの一人が、彼女の正面を塞ぐような形で立っている。下手に近づけば不審に思われるし、たとえ気づかれずに近づけたとしても、あの乗客が邪魔になる。

どうする。神谷葉柄は、偽者の視界に直接入らないよう、離れたところに立って思案していたが、結論は出なかった。やがて電車が次の駅に停まる。ドアが開くと同時に、ホームで待っていた人々が乗り込んできた。これで多少は身を紛らせやすくはなったが、近づきにくいことに変わりはない。座っている相手に、背後から近づくことはできない。やはり無理か。

三十分ほど電車に揺られて偽者は腰を上げた。そこは、彼女が通勤時に使う駅より八つ先で、ここで降りる乗客も多かった。神谷葉柄は、人混みをかき分けながら後を追った。階段を上っているときに見失いかけたが、地上に出たところでふたたびその姿を捉えた。彼女は、大きな交差点に面した広場のような一角で立ち止まっていた。その目は、ずっと前方のなにかを見つめている。

＊

目まぐるしく行き交う人々の流れ。多村楓の小柄な身体は、凛(りん)としてその中に在った。ピンク色だった髪は黒く染め直したようだ。きょうは伊達(だて)メガネもかけていない。襟の大きな中綿ジャケットに黒パンツ、黒いスニーカー。バッグを肩から下げ、両手をジャケットのポケットに突っ込み、リズムをとるように踵(かかと)を上げ下げしながら、真っ直(ます)ぐな視線を夜空に放っている。

　その視線がこちらを向く。とたんに笑顔を弾けさせ、ポケットから抜いた右手を頭上で大きく振る。遠藤マヒルも手を振り返し、駆け寄った。

＊

　待ち合わせをしていたのか。偽者は知り合いらしき女と手を取り合い、笑顔でいくつか言葉を交わしてから、交差点へと歩きはじめた。赤信号で止まっている間も、楽しげにおしゃべりを続けている。神谷葉柄は、いまのうちとばかりに距離を詰める。気づかれる心配はないだろう。周囲に人は多い。

　信号が青に変わった。流れに乗って横断歩道を渡りはじめる。神谷葉柄も離れないように付いていく。偽者は背後にまったく注意を払っていない。神谷葉柄はコートのポケットに手を入れ、折り畳みナイフを握る。しかし、先を歩く彼女との間にいる、太った若い男が邪魔だった。このままでは真後ろから近づけない。確実に刺せない。かといって男の前に強引に割り込めば、よけいなトラブルを招きかねない。騒ぎになって気づかれたら元も子もない。

交差点を渡ると、太った若い男はようやく目の前から消えた。もう邪魔者はいないが、周囲に人がまばらになったぶん、こんどは不用意に近づけなくなり、やむなく距離をとった。偽者と女は、さらに歩道を進み、二本目の道を折れる。道路に連なる車両を横目に、並木の下をしばらく歩いたあと、雑居ビル一階にある地鶏(じどり)料理の店に入っていった。

*

「ではあらためて。楓、プロデビューおめでとう！」

「ありがとう！」

マヒルはチューハイのグラスをこつんと合わせ、大きく一口飲んでから拍手した。楓も満面の笑みで手を叩(たた)く。前回も使った居酒屋で、案内された個室も同じ、落ち着いた雰囲気のテーブル席だった。

「まずは食べよか」

「うん、おなか空いたー。朝からなにも食べてなくてさ」

「えー、それ身体に悪いって。プロになるともっと大切になるんでしょ、体調管理」

「そうなんだけどねー、なんか面倒くさくて」

「よし、きょうはしっかり栄養つけていこう」

「うん、そのつもりで来た」

　というわけで、まずは故郷の味に舌鼓を打つことにする。定番である地鶏の炭火焼き、刺身の盛り合わせ、串もの、シーザーサラダに、本日の特別メニュー、佐賀牛Ａ５ランクのサイコロステーキも追加した。

「豪勢だねえ。ほんとにいいの？」

　きょうの会計をすべてマヒルが持つことは、事前に取り決めてあった。楓は割り勘でいいといったが、マヒルが譲らなかったのだ。

「心配いらないよ。こんなにおめでたいことにお金を使う機会なんて滅多にないんだから、気持ちよく奢らせて」

「そういうことなら遠慮なく」

　とサイコロステーキを口に運び、頬に手を当てて幸せそうに目をつむった。ゆっくりと咀嚼しながら目を開ける。

「やっぱ。これ、やっぱ。うますぎて泣く」

ほんとうに涙ぐんでいる。

「いや大げさでしょ」

マヒルも笑いながら一つを口に含むなり、肉からあふれ出る旨(うま)みに目を丸くした。

「うわ、やっば!」

「だろ!」

楓は上機嫌で、テーブルに並んだ料理をおいしそうに平らげていく。おしゃべりの話題にも事欠かない。デビューが決まるまでの顚末(てんまつ)や担当編集者とのやりとりを、おもしろおかしく語ってマヒルを笑わせた。そして、

「なんかさあ」

三杯目のチューハイを手にしたところで、グラスを見つめながらしみじみといった。

「楽しすぎて不安になるレベルだわ」

マヒルも、同じく三杯目のチューハイに口をつけてから、楓に静かな視線を向けた。

「髪を染め直しただけじゃなくて、ピアスも外したんだね」

「ああ、これ?」

と右眉を指す。前回会ったときには輝いていた二つの銀色の玉が、いまはない。

「やっぱり、らしくないな、と思ってさ」

「そう?」

「かなり無理してたなって。髪染めたり、ピアスあけたり、似合わないのは最初からわかってたんだけど」

「そんなことなかったよ」

「ありがと」

楓が笑みを返して、視線を手元に落とす。

「たぶん、わたしさ……」

「うん」

「……怖かったんだよね」

マヒルは、楓の言葉を黙って受け止める。

「ううん、いまでも怖い。もしかしたら、いまがいちばん怖いかも。だって、十年間やってきたことの答えが、もうすぐ出ちゃうわけだから。ずっと漫画を描き続けて、プロを目指してきたけど、デビューはゴールじゃなくて、やっとスタート地点に立てただけ。自分に才能があるのかどうか、プロとして通用するのかどうか、そういう現実を、これから突きつけられる」

「羨(うらや)ましいな」

それはマヒルの素直な気持ちだった。

「だって、楓、人生を最高に楽しんでるから」

思いがけない言葉だったのか、楓はマヒルの顔を見つめて、大きく瞬(まばた)きする。

「自分の可能性をとことん試すって、なかなかできないよ。たいてい腰が引けて、そのずっと手前で止めちゃう」

「……そうかな」

「そんな楓に」

マヒルは、壁際に置いてあったハンドバッグを引き寄せ、中からそれを取り出した。濃紺のラッピングペーパーに白いリボンを結んだ、直方体の箱。両手で持って、楓に差し出す。

「わたしからのお祝い」

「え」

楓が目を丸くして、マヒルの顔とプレゼントを交互に見る。

「開けてみてよ」

ためらい気味に手を伸ばして受け取り、リボンをほどいてラッピングペーパーを外す。中から現れた黒いケースの蓋を、ぱかりと開けた。

「これって……」

「使ってくれたら嬉しいな」

楓がケースから取り出したのは、ボールペンだ。ボディは深みのあるレッド。クリップや天ビスなどにはゴールドをあしらってある。

「綺麗……これ、めっちゃいいやつだよね。うわ、名前まで入ってる。Tamura Kaede って！」

顔を上げる。

その笑みが眩しい。

「ありがとう。ほんとにうれしい。なんか、頑張れそうな気がしてきた」

＊

周囲に人が少なくなったとき、どうしてすぐに実行しなかったのか。やろうと思えばできたはずなのに。〈氷の君〉の偽者が知り合いらしき女と居酒屋に入っていくのを、遠くから見ていることしかできなかった神谷葉柄は、自分の判断力が鈍っていたと認めざるを得なかった。一日中ほぼ立ちっぱなしで、口にしたものがゼリータイプの携帯食三つだけとあっては、さすがに頭も働かない。きょうはもう帰ろう。脳裏に浮かびかけたその思考を、しかし強引にはねのけた。雑念を排し、これからどうするかに意識を集中させる。おそらく偽者たちは、しばらく店から出てこない。いまのうちに、こちらもカロリーを補給しておくべきだ。

神谷葉柄はその場を離れて周辺を歩き、最初に目に付いたファストフードの店に入った。カウンターでLサイズのフライドポテトとコーラを注文し、目立たないよう端の席に着く。マスクを外し、ポテトを一本ずつ、唇の切れていない側から口の中に押し込み、奥歯で嚙み潰す。今夜やるべきことだけを考えろ。残された時間は少ない。明日以降にもチャンスがあるなどと思うな。

必ず今夜中にやり遂げろ。すべては夢の国のために。フライドポテトを最後の一欠片まで食べ尽くし、トイレを使ってから店を出た。

偽者たちの入った居酒屋までもどると、狭い車道を挟んだ正面辺りに立ち、店の出入口を見張った。まだ一時間も経っていない。いまも店内にいるはず。彼女たちが出てくるまで、あと何時間でも待ってやる。フライドポテトとコーラで取り込まれた糖質と脂質と塩分が、脳と手足に新たな活力を生み出していた。焦る必要はない。偽者は帰るときにも地下鉄を使うはず。そこでやる。地下鉄の中がいちばん成功率が高い。何十回と練習したのだから。

午後九時を回った。まだ二人は出てこない。通りにはヘッドライトを灯した車両が連なり、歩道に溢れる喧噪は濃度を増している。学生らしき男女のグループ。派手に着飾った女性三人組。一人暗い顔でふらふらと歩いてきたサラリーマン風の男は、建物に張り付くように立つ神谷葉柄の姿を目に留めると、足を止めて訝しげな視線を向けてきた。神谷葉柄は目を逸らしながら、コートのポケットの中で折り畳みナイフを握る。男は、ふんと鼻で笑ってから、離れていった。

午後十時を回ってしばらくしたころ、ようやく偽者たちが店から出てきた。二人とも、心の底からの笑顔を輝かせている。肩を寄せ合うようにして、駅へ向かう道を歩く。神谷葉柄は、見失わないように、気づかれないように、後ろを付いていく。

*

楓と肩を並べたマヒルは、おしゃべりに興じた余韻に浸りながら、光と喧噪の中をゆっくりと歩く。夜の冷たい空気が、きょうは心地よかった。アルコールで緩んだ頭を、きんと引き締めてくれる。

「あのね、楓」

マヒルは、夜空に目を向ける。街の灯りが強すぎるのか、星は一つも見えない。

「『エンドレス』のこと、ごめんね」

自然に口から出た。

頬に楓の視線を感じる。

「わたし、ひどいこといったよね。ずっと謝りたくて」

「いや、でも……」

楓の声が戸惑っている。

「……あのとき忌憚のない意見を求めたのは、わたしのほうだったし」

「違うんだよ」

マヒルは目を地上へもどす。

「あれは凄い作品だった。ほんとに心に響いた。でも、わたしは楓に嫉妬した。楓の才能と、夢に向かって突き進む姿に。楓を見てると、自分がつまらない人間に思えた。だから、楓が傷つくことがわかっていながら、あんなことを」

息を吸い込んでから、言葉を振り絞る。

「わたし、最低の人間だった。ほんとに、ごめん」

目を瞑りたくなった。堪えた。

耳から街の喧噪が消え、二人の足音だけが響く。

沈黙の壁が続く。

「じゃ、わたしも素直にならなきゃね」

楓の声が、その壁を軽やかに壊した。

「マヒルは気づいてないかもしれないけど、あのときマヒルが指摘した点は、ぜんぶ的を射ていたよ」

「そんなはずは――」

「そうなんだよ」

楓が、そうなんだよ、と小さく繰り返す。

「わたしにはそれがわかった。痛いところを突かれたって。でも、だからこそ受け入れられなかった」

楓が、ふっと寂しそうに笑う。

「わたしは結局、マヒルに褒められたかったんだよね。忌憚のない意見とか口ではいいながら、心の中では賞賛の言葉だけを求めてた。あのとき、そんな自分の本音が見えちゃって、心底嫌になって、でも反省するんじゃなくて、こんな嫌な気分にさせるマヒルが悪いと逆恨みして……マヒルを拒絶して、無視した」

「たとえそうだとしても」

マヒルは言葉を返す。

「わたしが楓を傷つけようとしたことには変わらない」

「許す」

マヒルは歩みを止めて楓の横顔を見た。

楓が向き直る。

「マヒルはわたしに嫉妬した。いじわるでわざとひどいことをいった。でも許す。ぜんぶ許す。だから、マヒルも許して。わたしがあのとき、逆恨みして、マヒルをずっと無視し続けたこと」

楓の目に涙がたまっていく。

マヒルはうなずいた。

「許す。もちろん、許す。ぜんぶ、許す」

楓が、胸を大きく膨らませてから、さっぱりとした笑みを見せ、先に歩き出す。

「きょうは、ほんとうに、最高の一日になったあ！」

叫びながら、握った両拳を左右に突き上げた。

＊

抱き合わんばかりに別れを惜しんでいた二人が、ようやく離れた。〈氷の君〉の偽者はしばらくその場に留まり、ＪＲ駅へ向かう知り合いらしき女を見送っていたが、空を仰ぐような仕草をすると、くるりと身体を回して、大きく足を踏み出した。その顔には、抑えきれない笑みがこぼれていた。

神谷葉柄は、彼女の視界から外れるまで、背を向けてやり過ごす。行き先はわかっている。見失うことはない。案の定、偽者は地下鉄の階段を下りていく。神谷葉柄も後を追って、改札口を通り、ホームに立つ。土曜日の夜で、まだ午後十時半を回ったばかり。電車を待つ人は多い。神谷葉柄は、偽者の姿を確認し、同じ列に並んだ。ほどなく入ってきた電車に乗り込むときも、偽者から離れないように、しかし近づきすぎて不審に思われないように、気をつけた。

結果は上々だった。〈氷の君〉の偽者は、神谷葉柄の背後、中年の女を一人挟んだところで吊革を摑んでいる。その様子は、窓ガラスに映る姿で、はっきりと視認できる。

ドアが閉まり、電車が動き出す。

神谷葉柄は、コートのポケットに手を入れる。

急げば席に座れたかもしれないが、マヒルはあえて立つことを選んだ。きょうは、そうしたい気分だった。

＊

別れ際に楓が残していった言葉を嚙みしめる。温かな感覚が、胸の中に染み渡っていく。

「うちら、親友だよね」

エモコンの使用を止めておいてよかったと、つくづく思った。止めたきっかけはS市で起きた地下街無差別テロだが、もしエモーション・コントローラーをあのまま使い続けていたら、いまの自分の気持ちが間違いなく本物だという確信を持てず、この幸福を心から味わうことができなかったかもしれない。

電車は二分もかからず次の駅に到着した。そして動き出したと思ったら、またすぐに停まる。駅に到着するたびに乗客が増えた。マヒルが会社に行くときに使っている駅を過ぎて、電車はふたたび加速に入る。この区間は比較的長く、次の駅に着くまで三分くらいかかる。電車が十分な速度に達し、規則正しい鼓動を響かせはじめたときだった。マヒルが異変を感じたのは。

＊

心の中は静かなのに、心臓だけがやたらと暴れている。また奴が邪魔しようとしているのか。だが、もう終わりだ。いまや〈氷の君〉の偽者は、すぐ真後ろにいる。間に入っていた中年の女は、前の駅で降りていった。障害物はない。呼吸の気配さえ、背中で感じ取れそうだ。舞台は整った。あとはタイミングを計って、何十回と練習した動作をここで繰り返すだけ。かすかに笑みを漏らし、ポケットの中で折り畳みナイフを握り直したときだった。神谷葉柄が異変を感じたのは。

7

車両には出入口が左右それぞれ三カ所ずつ設けてある。竹尾大翔（たけおひろと）が友人二人とともに乗り込んだのは、四号車の最後部だった。座席はすべて埋まり、吊革も三分の一くらいが使われるほどには混んでいたが、入ってすぐ左側のフリースペースがタイミングよく空き、そこに三人うまく収まることができた。フリースペースには座席がない代わりに、小物が置ける程度の細いテーブルが壁に作り付けてあり、天板の下部には充電用コンセントや荷物掛けのフックも装備してある。

その奥に残された二人分の座席には、いまは高齢の夫婦らしき男女が座っていた。

きょう竹尾大翔と行動をともにしている山村仁（やまむらひとし）と佐々木理人（ささきまさと）は、竹尾大翔と同じく大学三年生だ。三人ともすでに内定をもらっており、来年の三月を待たずに就活を終了していた。竹尾大翔の場合、五月くらいからある企業のインターンシップに参加していたのだが、秋になって企業の担当者から内々に採用面接の打診が来た。第一志望の就職先でもあったので一も二もなく受けたところ、順調に最終面接まで進み、先日、あっさりと内定を得たのだった。山村仁と佐々木理人も似たようなものだったらしい。まさかこんなに早く就活から解放されるとは思わなかったので、きょうは三人で祝杯をあげてきたところだ。

「なーんか飲み足りないな。これから竹尾のとこ行っていい？」

山村仁がフリースペースのテーブルに寄りかかったままいうと、

「あ、おれも行きたい」

と、吊革にぶら下がるように立っている佐々木理人も賛同した。

三人の中では、竹尾大翔のアパートがいちばん広く、駅からも近い。

「べつにいいけど、いまちょうど酒もつまみも切らしてるぞ」

竹尾大翔は山村仁の隣で、やはり細いテーブルに腰を当てたまま答えた。

「途中で買お。たしか、コンビニあったよな。まだ潰れてない？」

「うん、まだある」

「そういえば竹尾のとこ、久しぶりだな」

佐々木理人がしみじみといえば、

「一年のときはよく集まってたもんなあ。懐かしい」

山村仁も遠くを見るような眼差しを宙へ向ける。

「また、おっさん臭いことを」

竹尾大翔が笑いながら目を前に向けたとき、視界の端に妙なものが引っかかった。

フリースペースの向かい側は、車いすやベビーカー用のスペースになっている。幅はフリースペースと同じ座席二人分。そこには長髪で無精ひげを生やし、真っ黒なダウンジャケットを着込んだ三十歳くらいの男が一人立っていたのだが、いまその男の左手に、細口タイプの、おそらくポリエチレン製だろう、容量五百ミリリットルくらいの白いボトルが握られていたのだ。明らかに水筒の類ではない。男が右手でボトルのキャップを回し外す。無造作に放り出された白いキャップが、ころころと床を転がった。

竹尾大翔の硬い視線を辿るように、佐々木理人が背後を振り返る。隣の山村仁からも息を詰める気配が伝わってきた。

「あの、落ちましたよ」

竹尾大翔は、できるだけ軽い調子で告げた。男は目だけをこちらに向け、気味の悪い笑みを浮かべると、左腕を前に伸ばし、白いボトルを逆さまにした。細口からごぼごぼと流れ落ちる透明な液体が、飛び散りながら床を濡らしていく。鼻の粘膜に染みるこの匂いは……。

「エタノールだぞ、あれ」

佐々木理人が、低くつぶやいた。

「なにしてるんですかっ」

竹尾大翔は強ばった喉から声を押し出した。

「見てわかるだろ。消毒だよ」

男が抑揚のない声で答え、空になった白いボトルを床に落とす。こん、と乾いた音が響く。周囲の人たちも異常に気づきはじめたようだが、なにが起きているのか理解できない、理解したくないという顔で凍りついている。竹尾大翔の身体も、コンクリートで固められたかのように硬直して動かない。まさか、そんな。まさか、まさか……。頭の中を同じ言葉がぐるぐると回る。

男がダウンジャケットのポケットからタバコを取り出し、一本引き抜いて口にくわえた。すでに右手にはライターが握られている。

「おい、やめろっ！」

だれかが叫んだ。

男がタバコに火を点ける。一つ吸い込んでから、煙の立ち上るそれをつまみ、床に溜まった液体の上に落とした。

原山康太は、S市で起きた地下街無差別テロを忘れたわけではなかった。それどころか、事件直後の数日は、いつテロに巻き込まれるかと怯えながら過ごした。地下街や地下道はいうに及ばず、地上を歩いているときも油断はできない。なにしろ、エモーション・コントローラーを使っている者ならばだれでも、ある日とつぜんテロリストになってしまう危険があるというのだから。周りの人間がいつ自分に向かって刃物を振り上げてくるかしれないと思えば、神経が尖るのも無理はない。

　何事もなく一週間ばかりが過ぎると、多少は気持ちが落ち着いたが、不安が消えることはなかった。電車やバスに乗るときも、周囲に怪しげな動きをする人間がいないか、注意を怠らないようにした。だから、このときも、いち早く異常に気づいてもおかしくなかった。それができなかったのは、折悪しく集中力を使い果たしていたからだ。本来ならば仕事は休みのはずなのに、クライアントからのクレーム対応に一日中追われ、ようやく帰路についたところなのだった。

　重い足を引きずりながら地下鉄に乗り込んだ原山康太は、四号車最後部のドアの前あたりで吊革を握り、暗い車窓に映る自分の疲れきった顔をぼんやりと見ていた。周りを気にするどころか、立っているのがやっとだった。自分の右斜め前にいる大学生らしき三人に、緊迫した気配が漂っていることにも気づかなかった。

「なにしてるんですかっ」

　その声を聞いてようやく顔を向けると、大学生たちの向かい側にいる黒いダウンジャケットに長髪の男が、透明な液体を床にぶちまけていた。

「見てわかるだろ。消毒だよ」

ああ、そうなんだ、と原山康太は虚ろな意識の中で思った。だから消毒用アルコールの匂いがするんだ。あれは消毒液なんだ。

目の前で展開している出来事が異様なものであり、次になにが起こるのかも予想できたが、原山康太の心はそれを頑なに認めようとしなかった。なんでもない。これはなんでもないんだ。ほんとうに単なる消毒なのだ。だから心配しなくていいんだ。なぜいま地下鉄車両の床を消毒しなければならないのか、という当然すぎる疑問も無視した。しかし男がタバコを口にくわえて右手にライターを握ると、それも限界を迎える。

「おい、やめろっ！」

原山康太が思わず上げた悲鳴にも、男は顔色一つ変えず、火の点いたタバコを液だまりの中に落とした。一秒。二秒。なにも起こらない。と思った瞬間、タバコの白い巻紙が黒く変色した。その上方で、オレンジ色の細い光の筋がいくつも躍る。そういえば聞いたことがある。アルコールが燃えるときの炎は無色で、明るい場所では見えにくいのだと。

透明な炎が一帯を舐めていく。足下まで迫ってくる。夢だと思いたかった。ひどい悪夢を見ているだけだと。目を覚ませばいつものベッドの上だと。だが現実。これは現実。地下鉄の車両で放火テロが発生した。その現場に居合わせてしまった。最悪だ。

しかし原山康太は、自分の認識がそれでも甘かったことを思い知る。黒いダウンジャケットを着た長髪の男が、右手に握った刃物のようなもので、フリースペースに立っていた大学生らしき三人を次々と刺しはじめたのだ。

三人は抵抗する間もなく、原山康太の目前で、床に崩れるように倒れた。白い壁に禍々しい赤が散っている。女性の悲鳴が響きわたる。床から強烈な熱が吹き上げてくる。見えない炎が少しずつ色を持ちはじめ、凶暴な姿を露わにしていく。呼吸が苦しい。炎の向こうには血に塗れた刃物を握った男。その男はこちらを振り返ることもなく、強化ガラス製の貫通扉を開けて、隣の五号車に飛び込んでいった。残されたのは、空気を焦がす獰猛な炎と、床に倒れて血を流す三人の若者。電車は逃げ場のない地下を走り続けている。どうすればいい。どうすればいい。どうすればいい。どうすればいい。どうすれば——。パニックに陥りかけた原山康太の目が、赤と白のアイコンを捉えた。貫通扉のある黒い壁の、天井に近い場所に掲げられた、縦長の小さなサイン。三角形の赤い矢印が下を向いている。だが炎に遮られてそこまで行けない。原山康太は、そのアイコンの真下を指さして叫んだ。

「だれか消火器をっ！」

香納六花は、一人の時間を満喫し、充実した気分で地下鉄に乗っていた。きょうはまず午前十時から映画を観た。公開されたばかりの外国映画だ。上映館の少ないマイナーな作品だが、どうしても映画館で観たかったのだ。期待どおりの出来に満足して映画館を出たあとは、軽く昼食をとってから大きな書店の中を隅から隅まで歩き回った。気に入った本を数冊買い、カフェでそのうちの一冊を少し読み、最後にもう一本映画を観た。こちらは前にも観たことのあるアニメ映画で、原作も全巻そろえている。気持ちのいい涙を流して映画館を後にした香納六花は、夜の街の空気にしばらく身を浸してから、帰路についた。

だれにも煩わされない貴重な時間。明日からのことは考えない。仕事のことも、親のことも、生活のことも、ぜんぶ頭から追い出す。すべて明日以降の自分に丸投げする。きょうという一日は、いまこの瞬間の自分のためだけに使う。そう決めていた。

四号車最後部の出入口から電車に乗った香納六花は、車両のいちばん奥にあたる壁際の席に座った。立っている高齢者や妊婦がいれば替わるつもりだったが、見える範囲ではいないようなので、そのまま座り続けた。正直、少しばかり疲れていた。二十代のころは一日遊んだくらいでは疲れなかったのに。

左隣の席でずっとスマホをいじっているのは五十代くらいの女性。通路を挟んで正面の座席では、高齢の夫婦らしき二人がしかつめらしい顔で黙り込んでいる。

「なーんか飲み足りないな。これから竹尾のとこ行っていい？」

「あ、おれも行きたい」

「べつにいいけど、いまちょうど酒もつまみも切らしてるぞ」

「途中で買お。たしか、コンビニあったよな。まだ潰れてない？」

「うん、まだある」

「そういえば竹尾のとこ、久しぶりだな」

斜向かいのフリースペースで楽しそうに語らう三人は大学生らしい。今夜は友人の部屋で朝まで飲み明かすのだろうか。若いっていいなあ、などと微笑ましく思いながら彼らの会話をそれとなく聞いていたが、

「なにしてるんですかっ」

とつぜん変わった口調に、身を固くした。

彼らの険しい視線は、香納六花の左隣でスマホをいじっている女性の、その向こう側に注がれている。そこは車いすやベビーカー用のスペースになっているが、いまは黒いダウンジャケットを着た長髪の男が立っていた。

その男の左手に握られた白いボトルから、透明な液体が落ちて、床に広がっていく。男が大学生たちに言葉を返したが、香納六花には聞き取れない。隣の五十代らしき女性がスマホから顔を上げ、男のほうへ目を向ける。ほかの乗客たちも気づきはじめたようだ。みなこちらを向くなり、一様に顔を引きつらせる。立っていた人は吊革から手を離して後ずさり、座席を使っていた人も腰を浮かす。神経を引き絞る気配が充満する中、男がタバコを口にくわえ、ライターを手にする。

「おい、やめろっ！」

出入口付近で立っていた男性が破裂するように叫んだ。大学生たちが泣きそうな表情をする。男の手から、火の点いたタバコが落ちた。床に溜まった液体から、妖気めいたものが立ち昇った。顔面に熱を感じた次の瞬間、目の前を大きな影が過ぎった。あの男だった。大股で大学生たちに近づき、激しく揉み合う。こちらを振り返った男の手に、血に塗れた刃物が握られていた。フリースペースの床には大学生たちが倒れていた。白い壁が血に染まっていた。香納六花の喉から悲鳴が迸った。刃物を持った男は、そのまま脇目もふらず、貫通扉を開けて五号車に移動していった。

ほんの数秒の出来事だった。

炎は勢いを増している。大学生たちは倒れたまま動かない。このままでは彼らにも燃え移ってしまう。なのに香納六花はなにもできない。思考も身体も硬直している。それを打破したのは、さっき叫んだ男性の声だった。

「だれか消火器をっ！」

それは香納六花のまさに目の前、貫通扉のすぐ脇の壁に格納されていた。考える前に身体が動く。もう何年も前だが職場の火災訓練で一度だけ使ったことがある。格納庫の蓋を開けて消火器を取り出し、ホースを床に向けてレバーを引いた。噴出した中性強化液が炎を打ち払っていく。さっきの男性が、消火剤の飛沫を浴びながら、車いすスペースの壁にある非常通報装置に飛びついてボタンを押す。

『どうしました』

スピーカーから乗務員の声が返ってきた。

男性が大きく息を吸い、震えを抑えながら告げる。

「刃物を持った男がいます。四号車で三人刺されて倒れています。すぐ救急車の手配を。アルコールを撒いて火も点けましたが、これは消火器で消し止めました。男は五号車に行きました」

小村瑛一は、五号車の最前部で吊革を握っていた。きょうは午後からバイトでも立ち通しだったが、二十歳になったばかりの若い身体に疲れはない。いまは左手でスマホを操作して、次のアルバイトを探しているところだ。しかし楽して稼げる仕事はなかなか見つからず、思わず「かったるいな」と声が漏れる。

「かったるい」は小村瑛一の口癖だ。大学の講義もバイトもかったるいが、なによりかったるいのは来年から始まる就活だった。エントリーシートのガクチカ欄を埋めるために、いまから語学留学だのボランティアだのに励むなんて、考えるだけでかったるい。早い連中はもう企業のインターンシップに参加しているらしいが、小村瑛一はインターン先を探すどころか、就活に向けての自己分析すら済ませていなかった。ああ、と心から思う。大学二年の一年間が永遠にループすればいいのに、と。いや留年とかではなく。

くぐもった怒号のようなものが耳に入ったとき、最初は気のせいかと思った。スマホから顔を上げて左右を見ても、とくに異常はない。だが、ふたたびスマホに目を落とすと同時に聞こえた女性の悲鳴は、間違いなく本物だった。とはいえ小村瑛一は、この時点でも事態を深刻に受け止めていなかった。隣の車両で痴漢でも出たのだろう、ぐらいに思った。だから軽い好奇心で、強化ガラス製の貫通扉の前に、身体を無防備に晒してしまったのだ。

「かったるいな」

座席を使っている槙川理乃の頭上に、気怠げな声が降ってきた。目の前に立つ、髪を明るく染めたその若者は、いかにも怖いもの知らずといった感じで、槙川理乃が最も苦手とするタイプだ。そうでなくても男性という存在が怖かった。自分の思い通りにならないとすぐ不機嫌になり、声を荒らげ、暴力で威嚇する。そんな男性ばかりでないことはわかっているが、そうなる可能性があるというだけで、もう駄目だった。ある男友達からは「女だって同じだろ」と反論されたが納得できない。そうかもしれないけど、身体的な力では女性はどうやっても男性に敵わないのだから、少しくらいのハンデは許容されるべきではないか。

などと頭の中で持論を展開して勝手に熱くなっていたとき、男の怒鳴り声が耳に届いた。おそらくは隣の車両から。目の前の若い男も、顔を上げてきょろきょろとしている。乗客同士の諍いでも起きたのか。いやだな。これだから男は、と呆れたとき、さらに女性の悲鳴が響いた。

槙川理乃は膝の上に置いてあったバッグを思わず抱きしめた。この声、ただ事ではない。目の前に立っていた若い男が、右手を吊革に引っかけたまま、四号車へ繋がる強化ガラス製の貫通扉を覗き込もうとする。危ないからやめたほうが、と思う間もなく、扉が開いて黒くて大きな影が飛び込んできた。そして槙川理乃は、間近で見てしまったのだった。細くて赤くて尖ったなにかが、その若い男の腹部に押し込まれるのを。

依田和斗士は昨日、大枚十二万円を投じて年末ジャンボ宝くじを買ったばかりだ。これまでも毎年購入してきたが、せいぜい二十枚だった。それが今年は四百枚。人生一発逆転の大勝負をかけた高揚のせいか、彼はすでに当選したも同然の気分になっていた。一等前後賞合わせた十億円を、なにに使うかも決めてある。まずはマンションと車だ。マンションはもちろん都心のタワマンで、車はフェラーリかランボルギーニ。ぴかぴかのスーパーカーで夜の都心を疾走してやるのだ。ああ、その前に車の免許を取らなきゃいけないか。

「ふっ」と思わず笑いが漏れた。暗い車窓に映った自分のにやけた顔が、我ながら気持ち悪くて、あわてて真顔にもどす。左手で摑まっていた吊革を右手に握り直したとき、そうだった、と大切なことを思い出す。宝くじが当たったら、真っ先にあの威張り腐った上司に辞表を叩きつけてやるんだった。さぞ気持ちがいいだろう。

その場面をありありと頭に思い描いていたとき、隣の車両から男のただならぬ叫び声が聞こえてきて、空想から覚めた。車両を隔てる貫通扉は透明な強化ガラス製だが、衝突防止用に白い模様が入っている。その模様の向こうで、なにやら人が激しく動いていると思ったら、こんどは女性の甲高い悲鳴が上がった。依田和斗士のすぐ後ろで吊革に摑まっていた若い男が、吸い寄せられるように貫通扉へ顔を近づける。直後、貫通扉が開き、長髪の男が飛び込んできて、そのまま若い男にぶつかった。若い男が低い声で呻(うめ)きながら床に倒れる。長髪の男の右手に、刃物のようなものが握られていた。手まで真っ赤に染まっていた。長髪の男の空洞を思わせる瞳(ひとみ)が、こちらを向く。その視線を依田和斗士の顔に据えたまま、左足を大きく踏み出して若い男の身体をまたぎ、刃物を持った右腕を後ろへ引いて反動をつける。その動きは機械のようで、躊躇も容赦もない。

え、これなに?

遠藤マヒルは、五号車最前部、出入口付近の吊革に摑まりながら、多村楓と親友にもどれたきょうという日を心に刻みつけていた。その彼女が最初に異変を察知したのは、男性の叫び声を耳にしたときだ。隣の四号車から聞こえたものらしいと見当は付いたが、内容までは聞き取れない。すぐ静かになったので、大したことはないのだと思いかけた瞬間、女性の尋常でない悲鳴が響いた。

マヒルは何事かと息を詰め、強化ガラス製の貫通扉へ目をやった。扉のいちばん近くに立っていた学生らしき若い男性も、ガラス越しに隣の車両を覗き込もうとする。直後、貫通扉が開き、長髪の男が勢いよく入ってきて、若い男性に密着するような格好で動きを止めた。若い男性は、両手で腹部を押さえながら膝を折り、床に横倒しになった。長髪の男は、倒れた男性の身体を平然と飛び越え、手に握った真っ赤なそれを、すぐ近くに立っていた別の中年男性へ突き出した。マヒルの前を塞ぐ形で立っていたその中年男性は、なにも抵抗できないまま刃を脇腹あたりに受け、か細い声を漏らしながらマヒルの足下に倒れ込んだ。

刃を抜いた長髪の男が、マヒルに視線を定めた。間近で目が合った瞬間、マヒルは思考が消し飛び、頭の中が真っ白になった。その男とマヒルの間に、遮るものは、ない。

神谷葉柄は見た。

学生らしき若い男性が、無音の中で倒れていくのを。

黒いダウンジャケットを着た長髪の男の手に握られた、血に染まった刃物を。

神谷葉柄は見た。

その刃物が、近くに立っていた中年男性の脇腹に深く刺さるのを。

中年男性がスロー再生のように崩れ落ちていくのを。

神谷葉柄は見た。

黒いジャケットを着た長髪の男が、〈氷の君〉を見据えながら刃物を振り上げるのを。

〈氷の君〉が為(な)すすべもなく立ち尽くすのを。

気づいたときには一歩目を踏み出していた。身体のコントロールは回復していた。思考Bがこの状況に対応できずに放り出したのだ。だがそんなことはどうでもいい。守れ。その人を守れ。死んでも守れ。神谷葉柄は、伸ばした左腕で〈氷の君〉を庇いながら、長髪の男の前に自らの身体を投げ出した。

その瞬間、すべてが静止したように、槙川理乃には見えた。

黒いダウンジャケットを着た長髪の男は、血に濡れた刃物を頭上に振り上げたまま動かない。灰色のスーツにハーフコートを纏ったその人は、貫くような眼差しで、右腕を真っ直ぐ男の鼻先へ伸ばし、小さなナイフを突きつけている。危うく難を逃れたツイードジャケットとデニムの女性は、両手を床について へたり込み、自分の楯となったその人の背中を見上げている。

ナイフを突きつけられた長髪の男が、手を震わせながら刃物を下ろし、床に倒れて血を流している二人に目をやった。拒絶するように首を横に振る。刃物が手から落ちた。頭を抱えてしゃがみ込む。その喉から絞り出されたのは、耳を抉るような慟哭だった。

暗黒の車窓に、眩い光が広がった。

ようやく駅に到着したのだ。

闇を抜けた車両が、減速して、停止する。

出入口のドアが開く。

乗り込んできたのは複数の警察官。しかし彼らが真っ先に警棒を向けたのは、長髪の男ではなかった。

「刃物を捨てなさい！」

灰色のスーツの人が、警察官の声に振り返った。ほっと息を吐き、わかってます、とでもいうようにうなずくと、へたり込んでいた女性を一瞥（いちべつ）し、ナイフの刃を畳んで床へ放った。警察官がその人に飛びつき、腕を荒々しく摑んで手錠をかけた。その人は抵抗も弁明もしなかった。

違います。その人は違うんです。槙川理乃は、警察官たちに訴えようとした言葉を呑み込んだ。その人の目元に浮かんだ笑みが、あまりに幸せそうだったから。

8

S市の地下街無差別テロに続き、東京の地下鉄でも発症者による放火刺傷事件が起きたことに、当然ながら葛西幸太郎は深い衝撃を受けた。S市での事件以降、エモーション・コントローラーの使用者は減少に転じており、新たに重大事件が発生する危険は小さくなっていると考えていたからだ。救いは、S市の事件のような複数の発症者による共謀はなく、単独犯による犯行であったこと、そして五名が腹部などを刃物で刺されて重傷を負ったものの、みな一命を取り留め、死者が出なかったことだ。また犯人は地下鉄車両内にエタノールを撒いて火を点けたが、こちらも乗客の迅速な対応で消し止められ、数名が軽い火傷(やけど)を負う程度で済んでいる。

今回の地下鉄放火刺傷事件では、発生直後の報道に若干の混乱があった。当初、犯人は不織布マスクをつけたサラリーマン風の男だとの情報が流れ、警察官に連行される姿がネットに晒されたりもしたが、じつは彼こそ犯人に単身立ち向かった英雄であり、彼がいなければ被害がさらに大きくなっていたはずだとの証言が乗客から数多く寄せられたのだ。とはいえ彼も不法にナイフを所持していたのは事実で、銃刀法違反による逮捕は当然という声もないではない。果たして彼は英雄か犯罪者か、といった議論もネットを大いに賑(にぎ)わせたが、なにより葛西を驚かせたのは、この英雄（仮）が、かつて葛西にダイレクトメールを送ってきた、あの〈リーフ〉だったことだ。

事件から三週間ほど経った日、葛西はようやくリーフからの返信を受け取り、彼の身に起きたことを把握したのだった。

リーフの症例はきわめて興味深く、また葛西の仮説に修正を迫るものでもあった。キーワードは〈思考B〉だ。彼は、自分とは異なる思考の存在を自分の中に認識し、それを思考Bと名付けた。彼が〈氷の君〉と呼ぶ女性を偽者だと決めつけ、〈夢の国〉のために排除しようと動いたのは、この思考Bだ。ただし思考Bは別人格ではない。あくまでリーフという人格を基盤にしている。しかし、そこで展開される思考は彼の意思では制御できない。彼は〈氷の君〉の殺害を防ぐために、身体をコントロールする権限を思考Bと奪い合わねばならなかった。

犬崎理志のケースでは、このような症状は確認できていない。発症している間、犬崎理志の心は麻痺も同然の状態にあり、自分が犯行に及ぶのを止めようともしなかった。異なる思考の存在を認識したり、身体のコントロールを巡って争ったりしたこともない。これは、犬崎理志のときはまだ思考の主体、すなわち心が単一であり、その心が別のプログラム（＝思考）で動かされていたのに対し、リーフの場合は、心が二つに分裂するか、あるいは新たな心が生み出されるかして、その二つの心が競合していたために、もう一つの思考を認識できた、と説明することもできる。これらの症状の原因がサイコ・ウイルスにあったとすれば、リーフが感染したサイコ・ウイルスにはなんらかの変異が起きていた可能性が高い。いや、こうなると進化というべきか。このまま進化が続けば、いずれは宿主の心を排除し、身体を完全に乗っ取る能力をも獲得するかもしれない。

背筋の寒くなる話だが、一方で思考Bにも弱点はある。思考Bは想定外の事態にきわめて脆い(もろい)ようなのだ。リーフの自宅の前にいきなり上司が現れたとき。手が滑ってナイフが足の上に落ちそうになったとき。そして、電車内に刃物を持った男が現れたとき。いずれのケースでも瞬時に身体のコントロールを放棄して引っ込んでいる（地下鉄放火刺傷事件の犯人が急に動きを止めて正気に返った理由も、これで説明がつく。いきなり鼻先にナイフを突きつけられ、彼の思考Bが対処できなくなったのだ）。

ただ、放棄した後の思考Bの挙動は一貫していない。しばらくの間おとなしくしていたときもあれば、すぐにコントロールを奪い返そうとしたこともある。刃物男と対峙(たいじ)して以降はまったく気配が消えたとのことなので、おそらくエモーション・コントローラーの使用によって溜め込まれていた負の感情がすべて放出され、サイコ・ウイルスのエネルギー源が底をついたのだろう。
たしかに思考B、そして思考Bを生み出すサイコ・ウイルスにも弱点はある。だが、その弱点がいつまでもあるとは限らない。どうやらサイコ・ウイルスは、かなりの頻度で変異を繰り返している。弱点は克服されるものと考えておいたほうがいい。そうなる前に撲滅できればいいのだが。

いずれにせよ、〈夢の国〉症候群とその原因となるサイコ・ウイルスについては、わからないことが多い。サイコ・ウイルスという概念自体、十分に確立されたわけでも、その存在を実証できたわけでもない。新たな症例や事象が加われば、そのたびに仮説を修正することになるだろうし、まったく別の概念が必要になることもあり得る。未知のものを相手にするときは、一つの考えに囚(とら)われず、柔軟に対応しなければならない。

銃刀法違反の容疑で逮捕されたリーフは、取り調べでナイフを所持していたことを認め、その目的も正直に供述したが、エモーション・コントローラーによって引き起こされた症状がすでに収まっていたこと、そしてなにより放火刺傷犯から多くの乗客を守った功績が考慮されたのか、結果的に不起訴処分になっている。解雇を覚悟していた職場へも、上司の計らいで復帰できたという。

この上司は、無断欠勤したことを心配して自宅まで訪ねてくるなど、以前からリーフのことを気にかけてくれていた人物だが、理由を尋ねても「上司が部下を気遣うのは当たり前だ」としか答えないそうだ。ただ職場の同僚から聞いた話では、彼は数年前に一人息子をバイク事故で亡くしており、そのせいで同じくらいの年齢の青年を見ると放っておけないのではないか、とのことだった。

ともあれ、こうして無事に社会復帰を果たし、会社勤めを再開したリーフだが、朝の通勤に使う電車だけはあえて以前より早くしているという。例の〈氷の君〉と顔を合わせないようにするために。たとえ発症中だったとはいえ、彼女の命を狙ったことには違いなく、二度と彼女に近づくことは許されないと考えているのだ。それが彼の下した決断であるのなら、葛西がとやかくいうことではない。葛西としては、彼のこれからの人生が幸運に恵まれたものであることを祈るだけだ。

地下鉄放火刺傷事件以降、葛西の知るかぎりにおいて、発症者による新たな事件は起きていない。エモーション・コントローラーのメーカー各社は未だに沈黙を守っているが、ユーザーの数は順調に減っているそうなので、このまま沈静化するのではないかと葛西は期待している。少なくとも、ピークは過ぎたと見ていいだろう。

葛西は決して油断していたわけではない。発症者から送られたと思しき脅迫状めいたダイレクトメールのことを忘れていたのでもない。だが、神経を張りつめ続けた疲れもあって、いくらか気が弛んでいたことは否定できない。

その日の朝も、いつもと同じように始まった。七時ごろにベッドから起き上がった葛西は、部屋に漂うコーヒーの香りの中で顔を洗い、自分でトーストとハムエッグをつくって朝食にした。妻の古都音はとうに朝食を済ませて仕事に出ている。葛西は最後に、古都音が淹れてくれていたコーヒーで脳に活を入れ、古都音が使った食器類もまとめて食洗機にかけた。鏡の前で身なりを整えてマンションを出たのが八時十分。空は雲一つない晴天だった。二月も下旬になれば、朝の冷え込みもいくらかは和らぐ。

葛西がクリニックとの往復に使っている車は、総排気量千ｃｃのコンパクトカーだ。幸いなことに、先ごろ取り付けた防犯装置はまだ一度も作動していない。ちなみに古都音が大学への足にしているのは二千ｃｃのＳＵＶで、当然ながら防犯装置は標準装備である。敷地内に二台分の駐車場が確保できる点も、葛西たちがこのマンションを選んだ理由の一つだった。

クリニックの予約は、午前も午後もほぼ埋まっている。きょうも無事に診察を終え、受付と医療事務を任せている片山貴子が帰宅すると、クリニックには葛西一人きりになる。ここから例によって執務室に籠もり、ネットを巡回してデマを指摘したり、ＳＮＳ経由の相談にのったりするのだが、そろそろこの活動にも一応の区切りをつけるときかもしれない、と葛西は考えはじめている。リーフの件が落着したことで、自分の役割も終わったような気がするのだ。エモコンと

〈夢の国〉症候群をめぐる問題は終息したわけではないが、古都音から釘（くぎ）を刺されたように、個人でできることには限界がある。市井（しせい）の一精神科医として、やれることはやってきた。もう十分ではないか。

それでも、寄せられる質問に答えたりするうちに時間は過ぎ、この日もパソコンの電源を落としたときには午後十一時を回っていた。葛西は、さすがに目と脳に重い疲労を覚えながら、クリニックのドアに施錠し、オフィスビルを出た。

近くに繁華街がないせいか、平日のこの時間になると駅前通りの交通量は減り、歩道にも人影がほとんどない。夜の空気に、葛西の足音が大きく反響する。車はビルの北側にある有料駐車場に停めている。むろん月極（つきぎめ）契約だ。契約者専用カードを精算機に挿してフラップ板を下ろし、自分の車へ向かう。駐車場の収容台数は二十七台だが、埋まっているのは四分の一ほどで、場所柄か比較的高級車が多い。奥から二番目のスペースに停められた慎ましい愛車へ向かっているとき、背後で車のドアが開く音がした。

だれかが帰宅するために車に乗ったのだと思いかけたが、それにしては精算機を操作する気配がしなかった。足音も聞こえなかった。いやむしろ、いま聞こえる。こちらに近づいてくる。駆けてくる。

急激に膨らんだ不安とともに振り返ろうとした瞬間、背中に鋭い痛みが食い込み、大きく咳（せ）き込んだ。口の中に嫌な匂いが溢れた。腕を振り回してその場から逃れた。離れながら後ろを見ると、黒い影が迫ってくる。男。駐車場の明かりに照らされた顔に見覚えはない。手に持っているのは刃物か。あれで刺されたのか。

また咳き込んだ。口から生温かいものが垂れ落ちた。逃げなければ。助けを呼ばなければ。叫ぼうとすると咳き込んで血が飛び散った。足腰から力が抜けていく。身体を支えられなくなる。それでも前に進む。車の中に逃げ込めばなんとかなる。

だが遠かった。あと駐車スペース三台分。たった三台分が、いまの葛西にとっては、地の果てのように遠い。足は地面に吸い付いて動かない。一歩も前に出ない。慎ましいコンパクトカーへ手を伸ばしても、かろうじて届くのは、すぐ目の前に停めてある、だれのものとも知れない純白の大きなセダン。

足音がさらに近づいてきた。

「おまえは夢の国に相応(ふさわ)しくない」

耳の奥に響いたその声が、ほんとうに聞こえたものなのか、空耳だったのか、葛西にはわからない。

また咳き込んだ。咳き込むたびに、命の火が消えていくようだった。ここで死ぬのか。妻と娘の顔が脳裏を過ぎる。男の息づかいが背後に迫る。この男が発症者なら……発症者なら……発症者なら……。

葛西は右手を大きく振り上げ、大きなセダンの純白のボンネットに叩きつけた。それは考えがあってのことではなく、ほとんど無意識の行動だった。セダンのヘッドライトが点灯して、アラームが鳴り響いた。セダンに搭載された防犯装置が、異常な振動として検知したのだ。鋭く短い音が警告するように六回鳴って止まり、ヘッドライトが消えた。葛西はまたボンネットを叩いた。防犯装置がふたたび作動した。アラームが止まると、葛西はもう一度右手を振り上げた。だが、その手が、純白のボンネットに振り下ろされることは、二度となかった。

力尽きた葛西の身体は、右手を振り上げた格好のまま、横倒しになった。葛西は、わずかに残る意識の中で、アスファルトの冷たさを頬に感じながら、地面から伝わってくる何者かの足音を聞いていた。

エピローグ

葛西古都音は、朝のコーヒーを飲み干すと、さっと腰を上げた。カップや皿などを食洗機に並べ、計量した洗剤を投入、ドアを閉めてスタートボタンを押す。歯を磨いてから着替えとメイク、ヘアセットを済ませ、部屋を出る。ようやく花粉の季節も終わり、思い切り外の空気を吸える。天気も悪くない。駐車場に停めてあるＳＵＶのロックを解除し、運転席に乗り込む。シートベルトを締め、ブレーキを踏みながら始動ボタンを押した。

古都音は、車を運転している時間が好きだった。一人だけの空間で、ほどよい緊張を感じながら、考えを巡らせるのが好きなのだ。考える内容は、仕事関連の専門的な問題から、お昼になにを食べようかといったものまで、日によって違う。とはいえ考え事に集中しすぎると事故を起こすので、目と意識は常に前方とミラーへ向け、脳の一部だけを使って演算をするような感じだ。

いま、ＳＵＶのステアリングを握りながら、古都音が頭の片隅で考えをまとめようとしているのは、サイコ・ウイルスに関する考察だった。古都音は、幸太郎とのディスカッションを元に、自分で試行錯誤を重ねた結果、新たに一つの仮説にたどり着いていた。

すなわち、サイコ・ウイルスは、エモーション・コントローラーによって生み出されたのではなく、もともと多種多様なタイプが広く存在しており、その中の一部がエモーション・コントローラーの作用で変異を起こし、〈夢の国〉症候群を引き起こした。

我ながら面白い仮説ではないかと古都音は思う。このような突飛な考えは一般には受け入れてもらえないだろうが、自然界のウイルスも発見されたときは似たような扱いだった。バクテリアより小さくて光学顕微鏡でも見えない未知の病原体が存在するらしいとわかったのが、ようやく十九世紀も末になってからで、その姿を電子顕微鏡で捉えるまでさらに三十年以上の歳月を要した。いまでは生物を宿主とする未発見のウイルスが数百万種あるとされ、生命の進化においても重要な役割を担ってきた事実が明らかになるなど、ウイルスが地球上の生命に及ぼしてきた影響はその範囲も深度も当初の予想をはるかに超えている。

サイコ・ウイルスも同じではないとどうしていえるだろう。自然界のウイルスのように太古から存在していたとして、それはどのような影響を人類の思考に及ぼしてきたのか、あれこれと想像するだけでも楽しいではないか。たとえば、ホモ・サピエンスの認知革命や抽象概念の共有を可能にしたのは、特定のサイコ・ウイルスの存在だったとしたら。それにヒトからヒトへ感染するメカニズムもうまく説明できるかもしれない。最初から両者に同種のサイコ・ウイルスが感染していて、まるで共鳴するように変異を誘発されたとか。共鳴変異という新しい概念の誕生だ。またサイコ・ウイルスが人類の思想や宗教、文化、芸術、流行の形成にどのくらい関わってきたのかも興味深い。恋愛や友情、憎悪、嫉妬といった精神活動にもサイコ・ウイルスが深く関与しているとすれば、我々の全員が感染者であり、発症者なのだ。

ことほどさように、アプローチの仕方は無数にある。いまは仮説に過ぎないサイコ・ウイルスの存在も、三十年後には常識になっているかもしれない。そうなれば、葛西幸太郎の名前は、サイコ・ウイルスの発見者として歴史に残るだろうか……。

古都音はステアリングを握りながら思わず笑みを漏らした。幸太郎が聞いたら、さすがに呆れるだろう。でも、いいではないか。空想の世界で遊ぶのもホモ・サピエンスの特権だ。

信号のある交差点を左折し、しばらく直進すると、右手に大きな表示が見えてくる。その表示を越えたところに、県立病院の敷地が広がっていた。いまごろ、入院費の支払いを済ませた幸太郎が、正面玄関あたりで待っている。

「へえ、面白いな」

葛西幸太郎は好奇心を刺激され、声を弾ませた。

「ホモ・サピエンスがある時期から急速に勢力を伸ばして地上を征服できたのは、精神構造が大きく変化して言語や抽象思考を獲得したためとされてるけど、それもサイコ・ウイルスの仕業だったというのは、いかにもありそうで面白い」

「でしょ」

ステアリングを握る古都音が、嬉しそうに答える。

古都音の運転する車の助手席に座るのは、久しぶりだ。

「それにね、自然界のウイルスに遺伝子操作を加えれば、病原性を強めたり、逆に弱めたり、あるいはまったく別の機能を持たせたりすることができる。それと同じようなことを、エモーション・コントローラーがサイコ・ウイルスに対してやってしまったとしたら」

「人為的な操作のせいでイレギュラーが発生し、その結果、存在が可視化されたわけか」

「実際は目に見えないけどね」

短く笑い声を合わせた。

「たとえエモコンのユーザーがゼロになっても、この変異サイコ・ウイルスは、だれかの中に存在し続けるんでしょうね」

「むしろ静かに広がっていくだろうな、ヒトからヒトへの感染能力を獲得したのなら」

「また事件が起こる？」

古都音の声が硬くなった。

「これまでに事件を起こした発症者は、ほとんどがエモコンのユーザーだった。エモコンが使われなくなれば、インパクトの強い事件は減っていくと思う。その代わり、もっと深くて大きな流れが生まれるかもしれない」

「どういうこと？」

「〈夢の国〉症候群のエネルギー源がエモコンによって溜め込まれた負の感情ならば、溜め込んだ分を放出してしまえば症状は収まる。エモコンを使わなければ、蓄積されるエネルギーも高が知れてる。でも、もともと巨大な負の感情を溜め込んでいた、ある種の異常者が宿主になった場合はどうだろう。あるいは、延々と負の感情を溜め込み続けるような人間だったら」

「症状はいつまでも収まらない」

「そして、そういう特殊な発症者が、万が一、社会に大きな影響力を持ったら？」

「アルファ発症者ってわけだ」

「そう。まさにアルファ的な存在になる」

葛西は車窓に目を向けて続ける。

「歴史を振り返るまでもなく、社会全体が極端な思想や風潮に取り憑かれることは、少なくない。〈夢の国〉症候群も、発症者の数が十分大きくなって、その状態が長期間継続するようなら、それはもう病気ではなく、思想であり、社会運動だ。そんな社会運動の中心になるとすれば、いまいったようなアルファ発症者しかない。将来的には、〈夢の国〉の実現を目指す団体や政党が誕生して、政局に影響するほどの勢力に育ってもおかしくないと思うよ」

「そんな勢力がテロを起こしたら、責任能力を問える？」

「当然、問われるべきだ。これで責任能力を問えないとなると、あらゆるテロリストが免罪されてしまう。自分たちの思想を絶対的な正義だと思い込んで、それを暴力で現実化しようとしている点では同じだから」

「こうなると、発症者とそれ以外の人間の境界が、曖昧になってくるね」

「そもそも、人間の精神に正常な状態なんてあるのかな。さっきも古都音がいったように、抽象的な思考が可能になった人類は、みな発症者なのかもしれない。それどころか、精神の存在そのものが、サイコ・ウイルスによる症状の一つなのかも」

「だとすると、正義なんて概念は、その症状のうちでも最悪の部類に入るんじゃない？」

「まったくだ」

古都音が、ふっと息を抜いて、視線をちらりと寄越す。

「このサイコ・ウイルス仮説、どこかに発表するつもりは、ほんとうにないの？」

「ないね。そこまでエビデンスがそろってるわけでもないし、詰め切れてない部分もかなり残ってる。仮説としても脆弱だ」

「もったいないなあ。歴史に名を残すチャンスかもしれないのに」

「そんな柄じゃないよ。こうして古都音と議論を楽しめれば、それでいいさ」

軽く笑って、葛西はふたたび顔を車窓へ向けた。

あの夜のことは、いまも断片的にしか思い出せない。意識がもどったときには、すでに緊急手術が終わってベッドの上だった。最初は、なぜ自分が病院にいるのかもわからなかった。あとから古都音から聞いた話では、傷口からの出血がひどく、一時は心臓が停まるなどかなり危険な状態で、処置がもう少し遅れたら助からなかったらしい。警察によると、救急車を呼んだのは、自分を襲ったあの男だった。彼はその後も逃亡することなく、警察官が来るまでその場に留まって自首した。脅迫状めいたダイレクトメールを送ったことも認めているという。発症者だったのだろう。どうやら自分が、駐車場に停まっていた車の防犯装置を作動させ、その音響に動揺して正気にもどったようだが、これも警察から聞かされた話で、葛西自身にはそんなことをした記憶は残っていない。ともあれ、紙一重の差で命拾いしたことだけは間違いないようだった。

古都音の運転するSUVがマンションの駐車場に停まると、葛西はドアを開けて降りた。長い入院生活で足腰はすっかり弱ってしまったが、リハビリのおかげで、ゆっくりとであれば歩けるまでに回復していた。正面玄関に回り、オートロックをスマートキーで解除し、自動ドアを入る。郵便受けを確認して、エレベーターに乗る。二人で出かけたときの習慣が、当然のように繰り返される。

「二カ月ぶりか」

感慨が口からこぼれた。

葛西の入院中、社会にも大きな動きが一つあった。今回の葛西の件が引き金になったわけでもないのだろうが、エモーション・コントローラーのメーカー各社がついに重い腰を上げ、一般家庭用エモコンの製造と販売を一時中止することを決定したのだ。登録済みの全ユーザーに対しても、安全が確認されるまで使用を控えるよう通知が送られた。これがユーザーのエモコン離れを決定的に加速させたのはいうまでもない。発症者によると思われる新たな事件も依然として報告されておらず、S市の地下街や東京の地下鉄で起きた事件でさえすでに過去のものとなりつつあった。頭を抱えたくなるような問題が次から次へと噴出する現代社会においては、それもやむを得ないのかもしれない。

エレベーターを出て、外廊下を進む。葛西たちの部屋はいちばん奥だ。いつもは葛西が部屋の鍵(かぎ)を開けるが、きょうは古都音が先に歩いて解錠し、ドアを引いて葛西に向き直った。

「おかえりなさい」

日常生活に復帰した葛西には、クリニックの再開や通院患者のフォローなど、やるべき仕事は山ほどある。見舞いに来てくれた眞鍋検察官や生活安全課の新条刑事、片山貴子にも、退院を報告してあらためて感謝を伝えなければならない。それからリーフだ。ニュースで事件を知った彼からも、身体(からだ)を気遣うメールをもらっていた。自分を襲った男のことも気になる。

だが、きょうだけは、と葛西は思う。生きて我が家にもどれた幸運と、古都音と他愛(たわい)ないやりとりができることの幸福を、嚙(か)みしめて過ごしたい。

「ただいま」

それ以外は、なにもいらない。

遠藤マヒルは、ふと目をやった瞬間、危うく声を上げそうになった。隣で吊革につかまる女性のスマホ画面に、北村めいぷるの連載デビュー作が大きく映し出されていたのだ。二十歳前後らしきその人は、自分に向けられたマヒルの視線に気づきもせず、画面をスクロールしながら食い入るように読み耽っている。〈北村めいぷる〉は、多村楓が高校時代から使っている筆名だ。それ、面白いですよね。作者の北村めいぷるって、わたしの親友なんですよ。喉まで出かかった言葉を、ぐっと呑み下す。

北村めいぷるの初連載作品『テトロド』は、彼女の持ち味でもあるダークな作風にさらに磨きをかけたブロマンスで、連載開始直後からその衝撃的な展開でネットをざわつかせた。読者の評価は分かれ、否定的な意見がある一方で、熱狂的な支持者も増え続けており、アプリ内の日別ランキングでは二位まで上昇している。一位はすでにアニメ化もされた超メジャーな作品なので、二位は大健闘といっていい。冗談ではなく、アニメ化や実写映画化もあるんじゃないか。そう思うと、マヒルは自分のことのようにわくわくするのだった。

暗かった車窓に光が流れ、車両が減速して停まる。ドアの向こうには、マヒルと同じくこれから出勤と思しき人たちが、列をなして待っていた。降りる人はほとんどいないようだ。ドアが開く。マヒルは吊革につかまったまま、乗り込んでくる男女に、それとなく視線を走らせる。ドアが閉まって動き出す。

あの日、この路線で発生した放火刺傷事件に遭遇して以来、マヒルは以前にも増して、周囲の乗客に注意を払うようになった。もちろん、怪しげな雰囲気の人は乗っていないか、不審な荷物を持っていないか等を確認するためだが、それとは別にもう一つ、頭から離れない思いがある。

〈退屈男〉。

あのとき、楯となって犯人の前に立ちふさがってくれた彼は、この車両でよく見かけた〈退屈男〉ではなかったか。顔の半分以上が大きなマスクに隠れていたので、確信は持てないが、そんな印象がマヒルの中に残っている。それにあの日以降、朝の車両で〈退屈男〉を見かけなくなった。報道によれば、犯人に一人立ち向かった彼は、ナイフ所持による銃刀法違反で逮捕された後、不起訴処分になっているはずだが、職場を追われて生活パターンが変わったとすれば、〈退屈男〉が同時期から姿を見せなくなったこととも符合する。

マヒルがどうしても引っかかるのは、彼が〈退屈男〉だとして、あの時あの場所にいたのは果たして偶然だったのか、という点だ。絶対にない、とはいえないだろうが、あまりに出来すぎではある。しかも物騒なナイフまで所持していたとあっては、その可能性を考えざるを得ない。つまり、わたしはストーカーされていたのではないか。あの男はわたしを付け狙っていたのではないか。だとしたら、なぜあの時、わたしを助けてくれたのだろう。それも、ほとんど命懸けで。自分の獲物を横取りされたくなかったから。そうかもしれない。そうかもしれないけど……。

マヒルの脳裏には、床にへたり込みながら見上げた、彼の背中が焼き付いている。自分は守られているという、泣きたくなるような安堵を、あのときほど感じた瞬間はない。彼はどんなつもりで、あんな行動をとったのか。本当のところを知りたかった。知ってどうするわけでもない。ただ、真実を知りたい。そして、彼にどのような意図があったにせよ、わたしを救ってくれたのは事実だ。そのことに対して、一言でも礼をいいたい。そうでもしなければ、この気持ちに収まりがつかない。

もしいま目の前に〈退屈男〉が現れたら、わたしはこう尋ねるだろう。

あなたは、あのとき、わたしを守ってくれた人なのか。

もしそうなら、なぜわたしの近くにいたのか。

ナイフは何のために持っていたのか。

そして、なぜ、自分が死ぬかもしれないのに、わたしの楯となってくれたのか。

お願いだから、正直に、本当のことを教えてほしい。

ふたたび車窓に光があふれる。車両が減速していく。ホームに並ぶ人たちの顔が、はっきりとわかるようになる。そして完全に停止する寸前、マヒルの口から微かに声が漏れた。

車窓の外をゆっくりと流れていった列の中に、その顔を見たような気がしたのだ。〈退屈男〉。

いや、間違いない。彼だ。たしかに彼がいた。ホームでこの電車を待っていた。そしてマヒルは気づく。きょうの自分は、仕事の都合で、いつもより早い電車に乗っている。彼の姿を見かけなくなったのは、使う電車を変えたからだったのか。でも、なぜ……。

マヒルが思いを巡らせているうちに、車両は新たな乗客を飲み込んで動き出す。おそらく彼は、一つ後ろの車両に乗ったはず。いま、あの貫通扉の向こうに、彼がいる。車内の混雑は、これから激しさを増し、車両間の移動は困難になるだろう。次の駅に到着するまで二分もない。使う電車がわかったからといって、また会えるという保証もない。

「すみません」

マヒルは、北村めいぷるの『テトロド』を読んでいた女性に声をかけた。

「通してください」

ごめんなさい、すみません、と頭を下げながら乗客の間を縫い、貫通扉の前へ進む。扉を開け、隣の車両に足を踏み入れる。いくつもの神経質な視線が、マヒルに集まった。あの放火刺傷事件の影響は、いまも多くの人の心に残っている。マヒルは、できるだけ平静を装って、車内に目を走らせる。ここからでは彼の姿は見えない。でも、この車両のどこかにいるはず。

ほんとに？

マヒルは急に自信がなくなってきた。考えてみれば、視界に入ったのはほんの一瞬だ。その一瞬で、列を作る大勢の中から、一人の顔を見つけられるものだろうか。ずっと〈退屈男〉のことが気にかかっていたせいで、居もしない人が居たように錯覚しただけではないのか。それに、と今更のように躊躇(ためら)いが足を重くする。彼が本当にストーカーで、いまもそうだとしたら、こちらから接触するのは悪手に過ぎる。でも、とすかさず別の声が応じる。ストーカーなら、わざわざ電車を変えたりしないのでは……。

車両が早くも減速を始めた。次の駅が近い。マヒルは前へ足を踏み出す。すみません、ごめんなさい、と繰り返しながら進み、彼の姿を探す。あれこれ思い悩んでも仕方がない。直(じか)に質(ただ)せばわかることだ。

車両の半分辺りを越えたとき、声を吞んで足を止めた。

マヒルの視線は、最後部出入口付近で吊革に摑(つか)まる、灰色のスーツ姿の男性を捉えていた。

〈退屈男〉。やっぱり乗っていた。錯覚ではなかった。

車窓に眩(まばゆ)い光があふれた。マヒルは強まる慣性力に抗いながら、彼に向かって進む。車両が停止した瞬間、つんのめりそうになる。ドアが開く。ホームで待っていた人々が乗り込んでくる。その波に押されるようにして、ついにマヒルは彼の側(かたわら)にたどり着いた。

ドアが閉まり、電車が動きはじめる。駅のホームを離れ、車窓が暗転する。いま、そのガラスに映し出されているのは、隣り合って吊革に摑まる、二人の姿。

彼の静かな瞳(ひとみ)が、ガラス越しにマヒルを捉えた。数秒の静止後、目を見ひらき、顔をこちらへ向ける。

マヒルは、その視線を受け取ると、小さく会釈を返し、短く息を吸った。

参考文献

『刑事精神鑑定入門　刑事精神鑑定に携わるひとのための副読本』　袖長光知穂著　創造出版
『精神鑑定への誘い　精神鑑定を行う人のために、精神鑑定を学びたい人のために』　安藤久美子著　星和書店
『描画テスト』　高橋依子著　北大路書房
『臨床現場で活かす！　よくわかるＭＭＰＩハンドブック　基礎編』　日本臨床ＭＭＰＩ研究会監修　野呂浩史・荒川和歌子・井手正吾編集　金剛出版
『宅間守精神鑑定書　精神医療と刑事司法のはざまで』　岡江晃著　亜紀書房
『１１００日間の葛藤　新型コロナ・パンデミック、専門家たちの記録』　尾身茂著　日経ＢＰ
『統合失調症を理解する　彼らの生きる世界と精神科リハビリテーション』　広沢正孝著　医学書院
『ストーリーが世界を滅ぼす　物語があなたの脳を操作する』　ジョナサン・ゴッドシャル著　月谷真紀訳　東洋経済新報社
『月刊「販促会議」２０２３年５月号』　宣伝会議
『サピエンス全史　文明の構造と人類の幸福』（上・下）　ユヴァル・ノア・ハラリ著　柴田裕之訳　河出書房新社

本書は書き下ろしです。
また本書はフィクションであり、
実在の個人・団体等は一切関係ありません。

著者略歴

山田宗樹〈やまだ・むねき〉
1965年愛知県生まれ。『直線の死角』で第18回横溝正史ミステリ大賞を受賞し作家デビュー。2006年に『嫌われ松子の一生』が映画化、ドラマ化され話題となる。2013年『百年法』で第66回日本推理作家協会賞（長編および連絡短編集部門）を受賞。著書に映像化された『天使の代理人』『黒い春』などのほか、『ギフテッド』『代体』『きっと誰かが祈ってる』『人類滅亡小説』『SIGNAL シグナル』『存在しない時間の中で』『ヘルメス』など多数。

© 2024 Yamada Muneki
Printed in Japan

Kadokawa Haruki Corporation

山田宗樹

鑑定（かんてい）

*

2024年9月8日第一刷発行

発行者 角川春樹
発行所 株式会社 角川春樹事務所
〒102-0074 東京都千代田区九段南2-1-30 イタリア文化会館ビル
電話03-3263-5881（営業） 03-3263-5247（編集）
印刷・製本 中央精版印刷株式会社

本書の無断複製（コピー、スキャン、デジタル化等）並びに無断複製物の譲渡及び配信は、著作権法上での例外を除き禁じられています。また、本書を代行業者等の第三者に依頼して複製する行為は、たとえ個人や家庭内の利用であっても一切認められておりません。

定価はカバーに表示してあります。落丁・乱丁はお取り替えいたします。

ISBN978-4-7584-1470-8 C0093
http://www.kadokawaharuki.co.jp/